UMA MENINA ESTÁ PERDIDA
NO SEU SÉCULO À PROCURA DO PAI

GONÇALO M. TAVARES

# Uma menina está perdida no seu século à procura do pai

*2ª reimpressão*

Copyright © 2014 by Gonçalo M. Tavares
Publicado mediante acordo com Literarische Agentur Mertin Inh. Nicole Witt e K.,
Frankfurt am Main, Alemanha

*A editora optou por manter a grafia do português de Portugal.*

*Capa*
Alceu Nunes Chiesorin

*Foto de capa*
WATFORD/ Mirrorpix/ Corbis/ Latinstock

*Revisão*
Jane Pessoa
Luciane Gomide Varela

Dados Internacionais de Catalogação na Publicação (CIP)
(Câmara Brasileira do Livro, SP, Brasil)

> Tavares, Gonçalo M.
>     Uma menina está perdida no seu século à procura do pai /
> Gonçalo M. Tavares. — 1ª ed. — São Paulo : Companhia das
> Letras, 2015.
>
>     ISBN 978-85-359-2649-1
>
>     1. Romance português I. Título.

| 15-07985 | CDD-869.3 |
| --- | --- |

Índice para catálogo sistemático:
1. Romances : Literatura portuguesa     869.3

[2016]
Todos os direitos desta edição reservados à
EDITORA SCHWARCZ S.A.
Rua Bandeira Paulista, 702, cj. 32
04532-002 — São Paulo — SP
Telefone: (11) 3707-3500
Fax: (11) 3707-3501
www.companhiadasletras.com.br
www.blogdacompanhia.com.br
facebook.com/companhiadasletras
instagram.com/companhiadasletras
twitter.com/cialetras

# Sumário

I. O ROSTO
    1. O rosto, 11
    2. As fichas, 14
    3. Um fotógrafo de animais, 20
    4. Onde?, 26

II. A REVOLUÇÃO — DIZER ADEUS
    1. O cartaz, 29
    2. Fried Stamm, a revolução, 31
    3. Como ajudar?, 38
    4. Manual de instruções, 43
    5. Dizer adeus, 46

III. O HOTEL
    1. O hotel, 51
    2. O quarto, 54
    3. Os sorrisos na rua, 56
    4. Comer, 59

IV. SUBIR E DESCER
1. Vertigens, 63
2. A visita ao antiquário Vitrius, 67
3. Dom Quixote, 69
4. A mão, 75
5. Os dois ponteiros, 81
6. A descida, 83
7. Gritar, 85

V. O NOME
1. A forma do hotel, 91

VI. A VISITA SÚBITA
1. Nova visita a Vitrius, 99
2. A tarefa da família (herança), 102
3. Continuar, 108
4. O olho, 111
5. Regresso ao hotel, 113

VII. O PESADELO
1. Um pesadelo, 117

VIII. NO HOTEL, EM VOLTA DO HOTEL, PERDIDOS NO HOTEL
1. Os hóspedes, 123
2. Perdidos no hotel, 126
3. As costas, 134

IX. PROCURAR UMA PLANTA
1. O olho vermelho, 143
2. Uma fotografia, 147
3. Procurando uma planta, 149

x. Peso e Música
  1. A importância do peso, 163
  2. Um passeio com Terezin, 173
  3. Algumas questões sobre Bem-Estar, 178

xi. Outro Pesadelo
  1. Marius, 181

xii. Sete Séculos XX
  1. Os Séculos xx, 185
  2. O Século xx em Moscovo, 192

xiii. Pequenas Palavras
  1. Olho vermelho — e o cartão, 197
  2. O olho vermelho, o sino, 198

xiv. Hansel e Gretel
  1. Deixar pistas, 207
  2. Hanna e Marius no comboio, 212
  3. Josef Berman aparece, 214

xv. A Fuga
  1. Esconderijo, 219
  2. Regressar a Berlim, 224
  3. Nada, 228
  4. A multidão, finalmente, 230

Referências e agradecimentos, 237

# I

## O Rosto

# 1

## O rosto

Impossível não reparar naquele rosto. O tão característico rosto redondo, olhos e bochechas enormes. Uma deficiente — ou um deficiente? Marius teve dificuldade em distinguir. À primeira vista parecia uma menina, sem dúvida — quantos anos, quinze, dezasseis? —, mas depois, olhado/olhada com mais atenção, dir-se-ia um rapaz, mas não. Uma rapariga.

Nas mãos tinha uma pequena cartolina. Marius esqueceu-se da sua pressa e aproximou-se. Ela sorriu e passou-lhe a cartolina para as mãos. Estava dactilografada.

"FORNECER OS SEUS DADOS PESSOAIS
*1 — Dizer o primeiro nome*
*2 — Dizer se é rapaz ou rapariga*
*3 — Dizer o nome completo*
*4 — Dizer o nome dos pais e irmãos*
*5 — Dizer a morada*
*6 — Dizer em que escola anda*

*7 — Dizer a idade*
*8 — Dizer o dia e o mês de aniversário*
*9 — Dizer a cor dos olhos e do cabelo"*

Marius sorriu.
Perguntou.
— Qual é o teu primeiro nome?
— Hanna.
— És rapaz ou rapariga?
— Rapariga.
(ela falava atabalhoadamente, mas Marius conseguia perceber.)
— O teu nome completo?
— Não.
— Não dizes?
Ela não respondeu.
Olhou para a cartolina (dir-se-ia pertencente a um ficheiro, mas não tinha nenhuma marca que indicasse ter sido arrancada — alguém lhe dera aquilo ou ela mesma a havia tirado, cuidadosamente, de um ficheiro. Marius reparou num pormenor. No topo da cartolina, a letra mais pequena, quase ilegível, estava escrito: Aprendizagem de Pessoas com Deficiência Mental).
Marius continuou:
— Nome dos pais e dos irmãos?
— Não.
— A morada?
— Não.
— Em que escola andas?
— Não.
Ela não parava de sorrir. Os seus *nãos* eram simpáticos — como se fossem sins.
— Que idade tens?

— Catorze.

— Em que mês e dia nasceste?

— 12 de Outubro.

Marius olhou de novo para o ficheiro.

"FORNECER OS SEUS DADOS PESSOAIS

*1 — Dizer o primeiro nome*

*2 — Dizer se é rapaz ou rapariga*

*3 — Dizer o nome completo*

*4 — Dizer o nome dos pais e irmãos*

*5 — Dizer a morada*

*6 — Dizer em que escola anda*

*7 — Dizer a idade*

*8 — Dizer o dia e o mês de aniversário*

*9 — Dizer a cor dos olhos e do cabelo*"

Faltava a pergunta 9. Parecia-lhe ridículo, mas perguntou:

— Qual é a cor dos teus olhos e do teu cabelo?

— Olhos: pretos. Cabelo: castanho.

E sim, as cores eram essas. (Ela havia decorado.)

Marius olhou para ela e sorriu.

Depois Hanna disse:

— Estou à procura do meu pai.

— Do teu pai?

— Sim — repetiu Hanna — , estou à procura do meu pai.

# 2

## As fichas

Hanna tinha uma pequena caixa. Marius perguntou se podia abri-la. Hanna disse que sim — passou-lha para a mão. Marius abriu a caixa.

Eram fichas. Em cada uma delas no topo a indicação, numa letra minúscula, APRENDIZAGEM DE PESSOAS COM DEFICIÊNCIA MENTAL.

Hanna disse:

— É para mim. Deram-me.

— Quem te deu?

— Deram-me — repetiu Hanna.

Cada ficha tinha um tópico e, depois, um conjunto de passos, actividades ou questões. Marius começou a passar algumas fichas: "EXPLORAR OBJECTOS" — neste campo, o exercício número 3 era assim apresentado: "Deixar cair e voltar a agarrar um objecto"; muitas outras fichas, e eis que aparecia em grandes letras a palavra "HIGIENE", "6 — Limpar a baba, 7 — Lavar as mãos, 8 — Lavar a cara"; "Saúde e Segurança", "1 — INDICAR A PARTE DO CORPO

*14*

QUE DÓI". Marius pensou em como isto era difícil, não apenas para um deficiente mental, mas para todos os seres humanos, para todos os seres vivos — "indicar a parte do corpo que dói". Naquele momento, por exemplo, havia nele, Marius, uma dor não física, um claro incómodo; dor, portanto, mas não localizável, não havia anatomia para isto, e que sabia ele dessa localização efémera, oscilante, dir-se-ia, como um pêndulo, uma dor que, em vez de se fixar num ponto do organismo, balança, hesita, vai de um lado a outro, como se ele ao abrir os braços, ao afastá-los como num exercício de ginástica, alargasse o espaço por onde a dor poderia existir, e de súbito aquela imagem, de um quadro certamente, de quem?, Bosch?, não se recordava bem, a imagem era a de um demónio, de cócoras, a defecar sobre as páginas de um livro; que livro? Impossível saber; "2 — IR À CASA DE BANHO POR INICIATIVA PRÓPRIA", é uma decisão tua, percebes, avanças com os teus próprios músculos, "3 — URINAR OU DEFECAR ALGUMAS VEZES NO BACIO OU NA SANITA QUANDO COLOCADO LÁ" — eis as fichas, cada uma com um título. Marius rapidamente percebeu que aquele curso, se assim lhe poderia chamar, estava dividido em áreas: "alimentação, higiene, mobilidade, saúde e segurança, motricidade global e fina, linguagem" — alguém abandonara uma menina deficiente na rua movimentada da cidade, com uma caixa de fichas, dezenas e dezenas de fichas com passos, exercícios, objectivos. Marius estava fascinado com tudo aquilo, com a organização. Numa das fichas lia-se "Meta B: ANDAR NA RUA", pois sim, eis que ali estava, Hanna, sozinha na rua. O primeiro passo: "ANDAR PELOS PASSEIOS". Outra meta era vestir-se; e uma palavra muito usada: colaborar. No primeiro passo desta meta: "Colaborar quando o vestem",

*15*

3º passo: "ENFIAR os braços nas mangas quando o vestem; 10 — APERTAR fechos, 11 — Apertar botões".

— Sabes apertar uma bota? — pergunta Marius.

Hanna sorri, abana a cabeça que não.

"Meta: coordenar movimentos finos.

1 — Abanar guizos, campainhas.

2 — Tirar objectos de uma caixa [...]

3 — Folhear livros.

4 — Riscar com lápis."

Marius perguntou: sabes escrever o teu nome? Hanna abanou outra vez a cabeça; que não, respondeu.

O ponto 11 — Marius já pensava assim — era difícil, mas apesar de tudo

"11 — ABRIR PORTAS COM MANÍPULOS DE PRESSIONAR PARA BAIXO"

apesar de tudo, estes manípulos eram bem mais fáceis do que os pesados que exigem a rotação do punho e não o simples movimento da mão de cima para baixo; mas aqui apareciam as dificuldades crescentes, tudo por ordem, bem organizado o curso, como convinha; o passo

"12 — DESENROSCAR TAMPAS DE FRASCOS"

o nível de dificuldade seguinte.

Estavam já os dois sentados num café, Marius pedira por ela uma água, um bolo.

— Que queres? — perguntara. Ela não respondera.

Não a conseguira deixar na rua; tratava-se de resolver o assunto rapidamente, primeiro comer, depois tratar do assunto, procurar a instituição de onde ela certamente teria fugido, não seria difícil; queria saber mais, mas ela não falava quase nada. Marius folheava as fichas do curso, já colocara a primeira — "FORNECER OS SEUS DADOS PESSOAIS" — no sítio, sim, viera dali. Mais à frente a meta era: "Expressar-se". Os professores da menina com trissomia

21 queriam que ela se expressasse, mas ela estava calada à sua frente.

Eis os passos até se chegar à conversa — queriam, no final, que ela conversasse, muito bem, mas primeiro: "1 — DAR GRITOS [...] VOCALIZAÇÕES DIFERENCIADAS PARA DESCONFORTOS ESPECÍFICOS (DOR, FOME ETC.)".

Que aprendizagem útil, pensou Marius, "2 — SORRIR OU VOCALIZAR EM RESPOSTA À PRESENÇA DE UMA PESSOA OU SITUAÇÃO AGRADÁVEL".

Grita se te dói, sorri se te agrada; mas ela sorri sempre, Hanna, como ela é simpática; mais à frente, quase no final do ficheiro, meta: "Utilizar o dinheiro em situações funcionais: 1 — Identificar as moedas e notas como dinheiro".

Marius tira duas moedas do bolso, pergunta-lhe:

— Sabes o que é isto?

Ela responde que não (e não pára de sorrir).

Marius aproxima as moedas dela.

— Queres?

Ela responde que não, mas sem falar, abana a cabeça, não está assustada, simplesmente não está interessada nas moedas.

Para uma outra meta qualquer, o passo número 6 era: "Reconhecer sinais indicadores da posição correcta de embalagens" e logo a seguir o 7, num salto estranho: "RECONHECER SINAIS INDICADORES DE PERIGO", último passo de uma meta de aprendizagem; Marius olha para ela, sorri; ela está longe disso, não perceberá nenhum perigo. Outra meta:

"ORIENTAR-SE ESPACIAL E TEMPORALMENTE".

Marius sentia uma curiosidade enorme, sentia que aquele curso também era para ele "Nomear a posição relativa dos objectos (À FRENTE, ATRÁS, EM CIMA, EM BAIXO)", e depois, um passo a seguir (neste curso, pri-

*17*

meiro, é a orientação no espaço, saber onde se está, depois é que surge a orientação no tempo, mas bem podia ser o inverso, pensou Marius), no ponto 7, um objectivo que lhe pareceu, sem saber explicar porquê, particularmente cruel: "IDENTIFICAR O RELÓGIO COMO O INSTRUMENTO QUE SERVE PARA VER AS HORAS"; numa outra ficha, outra meta, o primeiro passo: "Reconhecer escrito o primeiro nome". Marius pegou num papel e escreveu HANNAH.

— É assim — perguntou. — Hannah?

Ela não respondeu.

Marius escreveu depois HANNA.

— É assim, sem h?

Ela claramente não identificava os signos do nome ou, pelo menos, não via diferença entre os dois nomes.

Marius disse que o nome dela ficava sem H.

Tinha vindo já o bolo, ela devorava-o; com os dez dedos a tirarem bocados, primeiro do meio do bolo, começava pelo meio, o bolo ficava com uma espécie de carcaça, um esqueleto ainda assim doce. Também é para comer, murmurou Marius, apontando para o esqueleto que ia ficando, enquanto a sua outra mão não parava de mexer naquele arquivo extraordinariamente bem organizado — "Meta: ADQUIRIR NOÇÕES DE QUANTIDADE", leu

"1 — Distinguir 1 de muitos

2 — Distinguir poucos de muitos"

(A primeira tentação foi rir-se do preciosismo, mas sim, depois percebeu, tornou-se claro para ele, era importante distinguir um: uma única coisa, de muitas, e também distinguir poucas coisas de muitas; o passo 3 era mais claro)

"3 — Distinguir 1 de dois

4 — Contar mecanicamente".

Lembrou-se de novo do pormenor de primeiro se

aprender o assunto espaço, depois o assunto tempo, e veio-
-lhe à cabeça que quando os comboios apareceram em
Inglaterra pela primeira vez o país inteiro acertou as horas
pelos relógios das estações, era importante para o comér-
cio; de certa maneira, os transportes, o que nos levava de
um lado para outro, isso sim havia determinado a imposi-
ção de um tempo comum; os horários, minha cara Hanna

"1 — APONTAR, QUANDO NOMEADAS, AS PARTES PRIN-
CIPAIS DO CORPO".

Depois era ainda importante "Conhecer o meio físico e
social mais próximo", e um dos passos desta meta era
"Identificar os animais domésticos" e no ponto imediatamente a seguir "IDENTIFICAR OS ALIMENTOS MAIS COMUNS".

— Gostas de bolo — disse Marius, apontando para o
bolo, e dizendo muito lentamente esta palavra, arrastando
cada letra.

Hanna sorriu.

Marius começava a ficar cansado, mas a primeira sensação foi de sobressalto quando viu um homem a aproximar-
-se da mesa. Trazia uma máquina fotográfica e uma enorme
mochila às costas. Perguntou se podia sentar-se.

# 3

## Um fotógrafo de animais

Da mochila tirou várias fotografias. Eram fotografias de animais. Mas o curioso é que cada animal tinha sempre três fotografias: uma de frente e duas de perfil.

— Como os presos.

— Sim — disse o homem, e riu-se.

Chamava-se Josef Berman e passou-me de imediato um cartão. FOTÓGRAFO DE ANIMAIS.

— Muito bem — disse.

Hanna estava entusiasmada com as fotos — e realmente eram inusitadas. Eram sempre três fotos para cada animal, numeradas — o número que deveria identificar o bicho — e depois Fte. (foto de frente), Dto. (perfil do lado direito) e Esq. (perfil do lado esquerdo) escrito ainda na película da foto, de lado, de modo a não interferir com a mancha do rosto, chamemos-lhe assim, dos animais.

Havia fotos de cães, de gatos, de porcos, mas as mais impressionantes eram as fotos de cavalos, pois algumas pareciam mesmo exigir a palavra ROSTO para as designar, porque não eram apenas feições animalescas simples; nos rostos de frente e de perfil daqueles cavalos o que sobressaía era uma angústia, a sensação de um animal que está no limite, num beco sem saída, que está perdido, que não sabe o que fazer, não sabe como lidar com aquelas mãos que certamente o forçaram.

— Parecem tristes, estes animais — disse eu a Josef e fiz um sorriso para Hanna, tranquilizando-a (as fotografias dos cavalos haviam-na assustado, claramente, dessas já não gostava).

— Alguns animais — explicou Josef — não percebiam o que eu queria e os donos por vezes tinham de os forçar, agarravam-lhes a cabeça e rodavam-lhes o pescoço para um lado e para o outro… sabe quantos animais fotografei? Não vai acreditar… mais de sete mil.

— Cavalos?

— Mais de duzentos.

— Parecem tristes — repeti — principalmente na fotografia de frente.

Josef depois explicou-me que estava a fazer uma História dos Animais, uma história paralela a partir dos animais e do que lhes acontecia em cada cidade, acompanhando ou reagindo e por vezes, que estranho era, antecipando os acontecimentos históricos.

— A movimentação dos animais, quanta informação vem daí — murmurou Josef. — Eles antecipam os bombardeamentos. Ainda nenhum ouvido humano se apercebeu da aproximação ainda longínqua de um bombardeiro e já dezenas de espécies de animais começam a escolher os seus abrigos. As ratazanas, que bicho espantoso! Anteciparam a Segunda Guerra. Pareciam ter um mapa das canalizações de Londres; como se tivessem na cabeça os vários itinerários e como se soubessem já o que ia acontecer. Fugiram muito antes dos bombardeamentos.

E conhece a invasão da Europa pelo escaravelho? — Ri-se? Não acredita? Trata-se — continuou Josef Berman — de uma verdadeira invasão militar. Segundo os estudiosos da coisa, pelo percurso do escaravelho da batata conseguimos seguir e perceber parte dos acontecimentos políticos, económicos e militares dos séculos xix e xx. Não acredita? — Josef Berman parecia entusiasmado. Pois, vou resumir o percurso. — E continuou: — Em 1850 apareceu e pela primeira vez foi identificado no Colorado, nos Estados Unidos da América. O escaravelho acompanhou todos os movimentos da corrida ao ouro e espalhou-se assim pela Califórnia. Através dos comboios atinge o Leste até ao Oceano Atlântico. Onde está a batata está este escaravelho. O escaravelho, depois, vem de barco para a Europa, foi o meio que ele escolheu — um barco identificado historicamente, com data precisa. Segundo os historiadores — diz Josef Berman — esta primeira invasão da Europa pelo escaravelho não correu bem. Os alemães venceram os escaravelhos, antes do final do século xix. Não pense que é tarefa simples. O escaravelho fêmea põe, de cada vez, milhares de ovos, milhares! Sabe o que isso significa? Não é fácil derrotá-los. Mas era necessário: eles estragam muito. Mas deixe-me continuar — disse Josef Berman. — Em 1917 há um novo desembarque de escaravelhos, agora no Sudoeste de França, em Bordéus. Foi devido à Primeira Guerra. Foram os soldados americanos que os levaram. Portanto, é isto. Enquanto os homens estão envolvidos e entretidos em guerras, os escaravelhos aproveitam para se reproduzirem e espalharem. Diga-se que em termos práticos é mesmo assim: se os homens mais fortes, mais jovens e mais bem equipados não tivessem sido chamados para os vários acontecimentos da Primeira Guerra, provavelmente o escaravelho não teria conseguido entrar na Europa. Bem, e ele aí está, o escaravelho, por todo o lado; ainda hoje exige uma luta contínua. Deixámos que os pequenos inimigos entrassem e agora não os conseguimos expulsar. Se fizéssemos uma história dos animais — disse Josef Berman — veríamos como ela não é paralela à dos homens, cruza-se com ela, isso sim. À primeira vista parece que os influenciamos mais a eles do que eles a nós. Mas não sei. Não estudei o suficiente.

— É sua filha? — perguntou de repente Josef, virando-se para Hanna e dando-lhe finalmente atenção.

— Não — respondi. — Encontrei-a perdida na rua. Já perguntei nas lojas: ninguém sabe quem é. Nunca a viram por aqui. Está à procura do pai. Chama-se Hanna. Há uma casa que acolhe meninos assim, vou levá-la lá.

Sem qualquer comentário, Josef debruçou-se sobre a sua mochila e tirou lá de dentro um outro álbum de fotografias que abriu virado para mim, com o cuidado, embora disfarçado, de não deixar que Hanna visse.

— Não me interprete mal... — disse — é outro projecto.

Olhei para aquilo, para as primeiras três fotografias à minha frente. Tinha exactamente a mesma organização. Três fotos: uma de frente e duas de perfil, numeradas, e com outras indicações que não pude, naquele instante, perceber. A organização era idêntica, mas aquelas eram fotos de pessoas. Não de pessoas normais; depois de passar três ou quatro folhas do álbum, rapidamente percebi, não eram fotos de pessoas normais, mas sim de doentes, pessoas deficientes, umas com deficiências físicas visíveis no rosto — por vezes só mesmo um dos perfis manifestava a falha, o erro, a coisa orgânica que não estava no seu sítio, mas havia sempre algo: uma enorme verruga, uma queimadura que vinha de um olho até ao pescoço, e coisas piores — ainda mais monstruosas — que não vale a pena descrever. Ou então era o olhar que denunciava uma fraqueza mental, um desentendimento com o mundo, um nível abaixo de um qualquer limite elementar que nos permite pensar que uma pessoa se poderia defender — aqueles olhos eram reveladores de que aquelas pessoas eram das mais frágeis, das que não metiam medo, mas apenas compaixão ou por vezes, nos casos mais ostensivamente físicos, aversão instintiva.

— Para que me está a mostrar isto?

Ele não me respondeu, mas era fácil perceber o que queria. Depois de dar a entender que pagava os seus trabalhos, o fotógrafo profissional Josef Berman, por certo inconscientemente, aproximou os dedos da mão direita do botão da sua máquina. Mas logo instintivamente se recompôs. De resto, a partir de uma certa altura, o álbum, que continuava a folhear com a preocupação de Hanna não o ver, concentrava-se por completo em fotografias a deficientes com trissomia 21. Eram dezenas e dezenas de rostos; no meio a foto de frente, no lado direito a foto com o perfil dto., do outro lado o perfil esq., dezenas e dezenas de rostos que se sucediam mas que agora transmitiam a sensação estranha de que era sempre a mesma pessoa, porque de facto os rostos eram quase idênticos — os perfis, então, eram absolutamente uniformes, apenas nas fotos tiradas de frente uma ou outra distinção se tornava visível aos meus olhos, mas mínima —, só um ou outro, de óculos, se destacava.

— Já fotografei na Bulgária, na América, em todos os lados do mundo — disse Josef, que ia seguindo o meu olhar sobre o álbum. — São iguais, pertencem ao mesmo povo.

E eram, de facto, iguais. Rostos e mais rostos sorridentes, aceitando o que a vida lhes havia dado, aceitando tudo, aceitando certamente o que aquele fotógrafo lhes havia pedido, aceitando, sem perceber ("SORRIR OU VOCALIZAR EM RESPOSTA À PRESENÇA DE UMA PESSOA OU SITUAÇÃO AGRADÁVEL"), manifestando-se incapazes de distinguir os dois lados do mundo. Provavelmente com capacidade para distinguirem os alimentos mais comuns, e capazes de identificar as principais divisões de uma casa, capazes de separar objectos de diferentes tamanhos, e de diferentes cores — mas muitos deles estariam algures, ainda, perto de uma qualquer outra situação perversa que lhes pareceria agradável, a sorrir, com aquele sorriso sedutor e tão ingénuo.

# 4

## Onde?

— Onde podemos procurar o teu pai?
— Blim — respondeu Hanna.
— O teu pai está em Berlim? É de Berlim?
— Belim — respondeu Hanna.

# II

# A Revolução — Dizer Adeus

# 1

## O cartaz

Já numa das estreitas e a cada passo mais escurecidas ruas laterais que davam acesso à estação de caminhos-de-ferro, abrandaram o ritmo pois Hanna fixava os olhos e, por consequência, as pernas, curiosa, nos movimentos de um homem junto à parede, movimentos que a vinte metros se assemelhavam a uma absurda carícia, repetida, de um qualquer louco que, de um elemento neutro como aquele, se tivesse enamorado. Marius obedeceu ao abrandamento do passo de Hanna — também lhe interessava aquilo.

O homem afixava um cartaz na parede, e os movimentos que, a alguns passos atrás, pareciam carícias despropositadas eram agora claramente visíveis como gestos racionais, úteis, com um objectivo claro. Não era um louco, era alguém que não queria perder tempo; tinha uma meta.

Um ligeiro desvio da cabeça e um breve sorriso exibiram um à-vontade do homem — ele não se sentira ameaçado —, e Marius, para si próprio, agradeceu-lhe isso. Embora a rua fosse evidentemente pública, sentiu-se um hóspede bem recebido.

— Um cartaz? — perguntou Marius ao homem.

— Sim.

Hanna, fascinada certamente apenas pela imagem pois era incapaz de ler, e Marius, observando, espantado, cada um dos pormenores; calaram-se quase instintivamente. O cartaz.

O homem olhou para Hanna.

— É sua filha?

— Não — respondeu Marius.

— Olá — disse o homem para Hanna, que retribuiu o cumprimento.

— Que lhe parece, o cartaz? — perguntou o homem a Marius.

Marius respondeu com o rosto, sorrindo — e logo depois encolheu os ombros — que dizer?

— Vão para a estação? — perguntou o homem.

— Sim.

— Vou convosco.

# 2

## Fried Stamm, a revolução

O homem chamava-se Fried Stamm. Sentara-se em frente a eles. Iam no mesmo comboio, na mesma direcção. Fried ainda não dissera o seu destino, mas eles tão-pouco.

— No fundo, tentamos instalar alguma confusão — disse Fried, começando a explicar como se Marius lhe tivesse perguntado algo.

Contou que eram cinco irmãos, irmãos mesmo, a família Stamm. — Estamos no mundo para o boicotar — disse. — Fazemos cartazes que depois colamos nas paredes; somos cinco, mas estamos em toda a Europa, como se fôssemos um exército de cinco. Nunca paramos, quem não saiba pensará que somos centenas, talvez mesmo milhares; mas somos cinco. Uma rapariga e quatro rapazes. Ela é a pior. Não pára. No fundo — disse Fried — estamos a tentar avisar as pessoas, é essa a nossa função. Trata-se de fazer com que elas não esqueçam, não se imobilizem mentalmente, mas para isso é necessário pará-las, primeiro, fisicamente: por isso actuamos mais nas cidades, onde a velocidade média do andar aumentou muito, não sei se já reparou. Se fizéssemos um cálculo do ritmo a que antes se caminhava pelas cidades e comparássemos com a velocidade actual concluiríamos que as pernas acompanham a evolução técnica: está tudo mais rápido e as pernas não são excepção; e é por causa desta velocidade que os cartazes são indispensáveis, e bons cartazes, boas imagens, boas frases, são elas que obrigam a parar, a parar durante algum tempo, o tempo necessário para digerir ocularmente, digamos, a imagem e depois digerir o texto, a frase, mas talvez uma e outra necessitem de tempo igual, é por isso que procuramos imagens e frases que remetam para o cérebro e, dentro do cérebro, para essa parte onde a memória funciona; porque não podemos cometer o erro de dar imagens para os olhos e frases para o cérebro, temos de misturar tudo. Não queremos criar escândalo, não se trata disso, isso não é consequente — disse Fried —, só provoca gritarias localizadas.

Tentamos em parte relembrar o que aconteceu e o que está a acontecer noutro lado; excitar a memória, às vezes também é isso — mostrar o que se está a passar no lado que não vemos. Ver bem ao longe, querido amigo, é uma das grandes qualidades da memória, não se trata só de ver para trás, mas também de ver ao fundo; a memória está mais ligada ao bom observador no espaço do que ao bom observador no tempo; mas sim — continuou, sem que Marius dissesse nada —, o ritmo do passo aumentou muito mas a imobilidade é que é importante. Não podemos observar enquanto fugimos.

Tentamos ser discretos — disse Fried —, colamos os cartazes em ruas laterais, secundárias, é aí que tudo se vai decidir. Nas ruas principais não, há demasiada luz, o barulho e a aceleração são excessivos; os cartazes funcionam em sítios meio obscuros como aquela rua onde nos encontrámos. Se tivesse vindo com a menina pela rua principal não nos teríamos cruzado, mas gosto de pessoas que chegam às estações de comboio pelas ruas secundárias, é uma prova de que têm algo a esconder, desculpe-me dizer isto, e tal agrada-me.

Não se trata de provocar uma revolução, não gostamos dessa palavra, trata-se em primeiro lugar de um projecto de acumulação: transmitir uma inquietação progressiva, mês a mês crescendo, quase sem se dar por isso. Pela repetição, por não deixar que se instale qualquer tipo de trégua ou suspensão, por, enfim, não desistirmos... provocar uma circulação de mensagens insatisfeitas, de informação indignada, repetir pequenas pancadas para, no fim, demolir, eis em parte a nossa estratégia.

Por vezes — continuou Fried — distribuímos folhetos, de mão em mão, mas não o fazemos como é vulgar, escolhemos uma a uma as pessoas a quem entregar os folhetos; temos algum dinheiro, mas não somos milionários, de resto a questão nem é essa, trata-se de uma escolha: quando entregamos folhetos, seleccionamos pelos rostos; com os cartazes não: são as próprias pessoas que se auto--seleccionam. É evidente que escolher pelos rostos as pessoas a quem entregamos folhetos é um método arcaico, como se estivéssemos de regresso à Idade Média onde noventa por cento das grandes decisões se faziam com base na fisionomia. Os meus pais morreram — disse Fried —, cada um no seu lado do mundo, somos cinco irmãos, e estamos todos vivos, e cada um no seu canto da Europa, se quer que lhe diga não sei onde é que eles estarão hoje; o mais velho calculo que esteja mais para sul, estive com ele há uma semana, ele disse-me que ia para esses lados, mas nunca se pode saber com exactidão. Mas em quem temos mais esperanças é no mais novo — chama-se Walter, Walter Stamm. É o mais inteligente. E o mais convicto dos seis. Na verdade, somos seis, mas o sexto não conta. Há muito que se afastou. Encontramo-nos todos, os cinco, de três em três meses exactamente no dia 12 na casa que os nossos pais deixaram (em Março, Junho, Setembro e Dezembro), e aí, sim, se algum não chega assustamo-nos, mas até agora chegámos sempre, uns mais tarde, uns mesmo quando está a terminar o dia 12, já de noite... mas temos chegado sempre os cinco.

Sabe, esta questão dos cartazes é uma mania, claro, provavelmente não tem efeitos práticos, dirá, mas se calmamente fizermos as contas poderemos concluir que não. É evidente que os cartazes acabam por ser arrancados; se a lei mais recente da cidade diz que naquele muro é proibido colar cartazes... mesmo que o cartaz, imaginemos, revelasse um segredo importantíssimo, mesmo que o cartaz pudesse salvar milhares de vidas, mesmo, no limite, imaginemos, que o cartaz pudesse salvar a vida do próprio homem que o vai arrancar da parede e mesmo que este tivesse consciência disso, se fosse um homem civilizado, um cuidadoso cumpridor da lei, ele arrancaria o cartaz e assim dele se diria que é bom cidadão — e nesse gesto poderíamos ver uma espécie de sacrifício clássico, do indivíduo, em relação à ordem da cidade; e se há algum conflito importante é este: entre os que querem manter a ordem e os que querem provocar pequenas manifestações de protesto, primeiro, e depois, sim... um dia, eis o que todos esperamos, as pessoas, vindas das várias partes da Europa, juntar-se-ão todas no mesmo caminho e avançarão; para onde, eis uma das questões; hoje é quase impossível localizar o sítio da ordem, espalhou-se demais a ordem, está em todo lado, já não há um palácio ou um parlamento que valha a pena deitar abaixo. Ou talvez sim, veremos quando chegar o momento.

Mas falava-lhe da eficácia disto — disse Fried — se fizermos as contas, calmamente, sem entusiasmos exagerados, se pensarmos que um cartaz em média ficará duas a três semanas no seu sítio — em média, porque uns são arrancados logo no dia seguinte, mas há outros cartazes que colei há anos e que, mais tarde, quando volto ao mesmo ponto da cidade ainda estão lá, meio desfeitos mas ainda mais fortes, sinto-o, como se a degradação do cartaz aumentasse a intensidade daquilo tudo; estão quase a desaparecer, mas não se calam. Claro que é por isso que não colamos cartazes nas ruas principais; para já, rapidamente seriam arrancados, e depois seria força contra força, luz contra luz; o cartaz lutaria corpo a corpo com os anúncios das lojas, seria confundido com eles, poderia ganhar ou perder, e ganhar seria conseguir chamar a atenção de quem passa, mas de qualquer das formas seria já uma derrota porque estaria a defrontar adversários inúteis; escolher os bons adversários é uma das tarefas mais difíceis, qualquer um pode ser nosso adversário; ao contrário, são poucos aqueles com quem nos cruzamos e que poderiam ser nossos amigos... somos feitos para o desacerto, para os desencontros, encontrar inimigos é a actividade mais fácil do mundo, não é propriamente uma caça ao animal raro; nós os cinco escolhemos bem os adversários para os nossos cartazes! Mas faça as contas — disse Fried —, se um cartaz em média fica duas a três semanas no seu sítio e se durante as três semanas passarem por aquela rua cinco mil pessoas... acha muito? Não, é pouco. De manhã à noite, cinco mil pessoas durante três semanas é pouco — já contou as pessoas que há no mundo? Somos muitos. E se, dessas cinco mil pessoas, metade prestar atenção ao cartaz, lendo as palavras, olhando um, dois, três, quatro, cinco, seis, sete segundos para a imagem, e sete segundos é muito, já é muito, já é muito mais do que o tempo normal que as pessoas gastam a olhar para uma imagem, o habitual é milésimos de segundo, isso mesmo, um olhar que olha e foge, como se as pessoas tivessem medo de ficar cegas por olhar tempo demais para a mesma imagem, querem logo outra; como se fossem as outras imagens, as que estão à espera do olhar das pessoas, as imagens em lista de espera, que se vingassem dos olhos de quem fica tempo demais em frente a uma única imagem; mas dizia — disse Fried — , se conseguirmos que metade de metade de metade das pessoas que passam por aquela rua olhe durante um, dois, três, seis segundos para a nossa imagem e para a nossa frase isso já vale muito. Faça as contas: metade dos cinco mil que passam na rua são dois mil e quinhentos, metade de dois mil e quinhentos são mais ou menos mil e duzentos, metade de mil e duzentos são seiscentos, é um número assombroso, sim, é excessivo; mas façamos uma das operações mais radicais, tire-lhe um zero, falemos não em seiscentos, mas em sessenta — e se quiser, de novo, tire-lhe ainda mais um zero, em vez de sessenta, seis pessoas, se aquele cartaz que eu colei há pouco e que você e a menina viram, se aquele cartaz for visto por seis pessoas como vocês o viram, parando, olhando, digerindo, então, alguma coisa vai acontecer, porque aquilo é um cartaz, um único cartaz; e só nós somos cinco e estamos em todo o lado, há quem já nos conheça: a família Stamm, colámos milhares de cartazes por todas as cidades da Europa, multiplique o número de pessoas influenciadas por este cartaz pelo número de pessoas que neste momento, nas ruas mais escondidas da Europa, se cruzam com os nossos cartazes: é uma multidão, é um exército que estamos a formar; e não se trata aqui de pegar em armas, eu tenho uma arma na minha bagagem, mas não é disso que se trata, não queremos que as pessoas peguem em armas, pelo menos para já, queremos que as pessoas tenham boa memória, vejam pormenores, ganhem uma certa raiva que deve ser contida, controlada, concentrada, para mais tarde sair com mais força, mas no momento certo, em sincronia com milhares de outras tensões concentradas durante anos — trata-se de aumentar a raiva individual, mas ao mesmo tempo controlá--la, dizer: ainda não, chegará o momento, mas ainda não.

Tudo começa nestas imagens, nas fotografias. É a nossa introdução; nada de avanços, para já, nada de grandes mudanças. Trata-se, primeiro, de fazer com que o que aí está rode a cabeça para trás, apenas isso, ligeiramente, como um homem que vai a andar na rua a grande velocidade, ou completamente distraído, o que é quase a mesma coisa e, de repente, é chamado pelo nome, e como que acorda, subitamente, e volta-se para trás para ver quem o chamou. É isto que nós estamos a fazer, estamos a chamar os homens, um a um pelos seus nomes, e esperamos que eles ouçam e olhem para trás; trata-se apenas disto, por agora, consegue perceber? Mas talvez em breve muitos daqueles que foram chamados pelo nome se encontrem no mesmo espaço, com o mesmo objectivo. E nessa altura não será fácil manter a ordem, tenho a certeza.

# 3

## Como ajudar?

— Dirá que revela uma certa megalomania, e é verdade. Mas só nos resta isto, não temos filhos, os nossos pais desapareceram.

De súbito, Fried, tal como havia começado a falar, calou-se, e ele, que permanecera inclinado para a frente, dirigindo o seu olhar e todo o seu corpo como uma arma apontada para nós, uma arma que não se calou durante horas, da mesma maneira, agora, deixou cair o seu tronco para trás, encostou as costas ao assento numa postura de rendição cansada e, como quem pede para os outros agora avançarem e repetirem o que ele fizera, disse, virando-se para mim e para Hanna:

— E vocês? De onde vêm?

Tentei explicar-lhe que não era um homem falador. Gosto de ouvir, disse-lhe, não tenho muito para dizer.

Ele perguntou, virado para Hanna:

— Como te chamas?

Hanna respondeu. Ele não percebeu. Hanna repetiu, ele continuou sem perceber. Eu repeti:

— Chama-se Hanna.

— Hanna — disse Fried. — Bom.

— Que idade tens?

— Catorze — respondeu, e agora percebeu-se.

Fried sorriu para ela, simpaticamente. Ela disse:

— Olhos: pretos. Cabelo: castanho.

Eu disse: — Ela aprendeu assim.

Depois ela disse:

— Estou à procura do meu pai.

Fried sorriu, não disse nada.

Eu disse: encontrei-a sozinha, perguntei em cada uma das lojas à volta e toquei na campainha de todos os prédios das proximidades, durante dias andei pela cidade a ver se encontrava alguém que a conhecesse, fui às três instituições que tratam de casos como este; uma das instituições tem só casos de trissomia 21, disse eu, baixinho; quando perguntei se conhecia Hanna a directora sorriu e respondeu que tinha ali vinte e seis Hannas só que não tinham esse nome, e depois confirmou que não, que dali ninguém tinha saído, que ninguém fugia dali porque além do mais, acrescentou ela, todos gostavam de ali estar, e que não poderia receber mais ninguém, principalmente alguém de que não se sabia de onde vinha nem quem eram os pais; que ali todos tinham pais perfeitamente identificados, que era uma instituição que educava pessoas com deficiência seguindo determinados métodos aprovados pelos pais e que naquele caso não havia pais, mas de facto eu percebi que a questão não era a existência ou não de pais, mas a existência ou não de alguém que pagasse todos os meses. Ainda lhe mostrei a caixinha dela, esta — e pedi-a a Hanna e mostrei-a a Fried — onde estão as fichas de aprendizagem de meninos com deficiência, e a directora disse-me que sim, era um método possível, mas que eles não seguiam aqueles passos, que tinham um curso próprio, que aquela caixa não era dali, e sim, acreditei, não há no fundo nada que me leve a não acreditar — pensar algo mais do que isso é pensar que a poderiam ter deixado fugir dali porque os pais não pagavam ou alguém por eles não pagava, mas isso seria excessivo e, para além do mais, Hanna não mostrou o mínimo de alteração emocional quando fomos a esse colégio; para mim ficou claro que ela nunca estivera ali, ou então, não sei, ela pode não mostrar reacções deste tipo, ainda não a conheço bem — mas a partir de um certo limite temos de acreditar nas pessoas, não nos resta mais nada — e eu acreditei na directora e acredito nela — e gostava que Hanna encontrasse o pai, gostava de a ajudar, mas não sou santo; há uma pista que julgo que pode resultar, mas se no fim dessa pista não encontrar o pai de quem ela fala ou alguém com quem ela tenha já algum tipo de relação terei de a entregar a algum colégio; certamente uma instituição ficará com ela, mesmo que não haja dinheiro nem pais.

E calei-me.

Mas depois recomecei — havia em Fried uma sensação de segurança e de firmeza que me colocava à vontade, tranquilizava qualquer um.

— No limite, alguma instituição da igreja tratará dela. Mas, antes de Deus, certamente existirão leis a precaver estes casos — disse, e ri-me, de uma forma estúpida.

Hanna, entretanto, mantinha o seu ar simpático, ouvia-me como se eu falasse de outra pessoa, de outro mundo, ouvia-me como alguém que está num país de que não conhece a língua e que, por curiosidade, se põe a escutar dois tagarelas que na mesa do café ao lado falam do que ela jamais entenderá.

— Estou a falar de ti — disse-lhe eu.

E ela respondeu-me, e pareceu que estava a brincar connosco, a brincar com as suas próprias limitações; parecia mesmo (e é estranho) ironizar:

— Olhos: pretos. Cabelo: castanho.

E depois de dizer isto, subitamente, pôs-se a rir, a rir algo descontroladamente; eu olhei para Fried e depois novamente para ela e os dois sorrimos tentando enviar-lhe a mensagem de que sim, estávamos a entendê-la, estávamos a entender as causas dessas risadas descontroladas. Talvez não tivéssemos encontrado tanta intensidade de riso nas causas, mas sim, entendíamos as causas, não eram absurdas: ela ria-se com lógica, pelo menos era isso que o sorriso de Fried e o meu tentavam transmitir. Depois, passado aquilo que pareceram longuíssimos segundos, ela parou de rir daquela forma, que devo confessar me envergonhava — e eu, sem saber bem porquê, até porque nunca antes o tinha feito, pus a minha mão por cima da mão esquerda dela como quem demonstra um afecto, mas na verdade o que o peso da minha mão estava a dizer era simplesmente AGORA PÁRA, JÁ CHEGA, e o peso da mão e a interpretação que eu fazia colocavam-me pela primeira vez na posição estranha de quem é responsável, em parte, pelas proezas, pelos fracassos ou desastres que uma outra pessoa provoca. De facto, o peso da minha mão colocou-me na posição de que há muitos anos fugira, a posição de quem não pode correr simplesmente quando for a altura de correr: antes disso, tem de olhar para o lado, para outra pessoa, e tem de a ajudar a correr ou dar-lhe indicações. Claro que isto era um contratempo; pensei na imagem ridícula de alguém que tem de correr muito rápido para salvar a vida e de repente olha para baixo e vê que os seus sapatos estão velhos demais, perderam parte da sola e que, a cada passo, se vão desfazendo, e,

*41*

ao desaparecer a barreira entre os pés e o solo, o perigo deixa de vir apenas de quem ou daquilo que nos persegue e começa também a vir de baixo, do próprio solo ou, se formos mais meticulosos, o perigo vem dos nossos próprios pés, são eles que nos farão, no limite, parar (e não os nossos inimigos) por não suportarmos mais as dores; e eu conhecia bem esse estado de fraqueza em que nos rendemos não por medo dos adversários, mas porque o nosso próprio corpo falha.

Olhando para Hanna, para a sua postura de aceitação de tudo, uma postura quase religiosa, mística, olhando para ela, ali, na carruagem, via como seria impossível explicar-lhe que eu estava em fuga — e que uma pessoa que se quer esconder não pode, não está em condições de ajudar outra a procurar alguém.

# 4

## Manual de instruções

Fried interrompeu os meus pensamentos dizendo que o que ele tinha na mão, a caixa de Hanna, na qual estavam as várias fichas correspondentes aos passos a seguir, quase fazia desconfiar que alguém acreditara tanto nos outros, nos homens, que abandonara, eventualmente, a própria filha, com um catálogo de fichas para a sua aprendizagem. Isto é, confiara tanto nos outros — como um louco, sussurrou Fried — que acreditara não só que alguém a poderia acompanhar mas também lhe poderia ensinar coisas e fazer progredir nas metas referentes a (e Fried foi lendo alto algumas das metas à medida que folheava o catálogo) "HIGIENE, MOTRICIDADE FINA, REAGIR A ESTÍMULOS TÁCTILO-CINESTÉSICOS". Eu por vezes ainda não sei isto, disse Fried: a melhor maneira de reagir a um soco é outro soco, outras vezes é fingir que não se tem força para responder, "ADQUIRIR HÁBITOS À MESA, REAGIR A INSTRUÇÕES GESTUAIS E VERBAIS, REAGIR À SEXUALIDADE DE MODO SOCIALMENTE ACEITÁVEL, REALIZAR TRABALHOS COM

MATÉRIAS METÁLICAS, TRATAR DE ANIMAIS", e esta meta a seguir, sim, é difícil, quantos de nós conseguiremos?; e Fried leu: "OCUPAR OS SEUS TEMPOS LIVRES DE MANEIRA ADEQUADA", você consegue fazer isto, perguntou-me Fried, eu sorri com a pergunta, e sim, claro, aquele método de aprendizagem e educação de pessoas com deficiência mental fazia-me pensar em quantos de nós não teriam um qualquer problema, bem mais leve, é certo, mas quantos de nós, por exemplo, saberíamos "OCUPAR OS TEMPOS LIVRES DE MANEIRA ADEQUADA"? Sim, isso é certo, mas sejamos claros, disse eu, ela não é como nós, e isto não é uma tragédia para nós, é para ela. Nós podemos brincar com isto, ela não, porque simplesmente não consegue.

— É um pouco, e desculpe-me a imagem — disse Fried, virado para mim, interrompendo o meu raciocínio, e como se pedisse desculpas ao próprio pai da menina pela grosseria que ia dizer —, é como se tivessem abandonado uma máquina no meio da rua, uma máquina desconhecida, inusual ou pelo menos muito rara, é como se a abandonassem com o cuidado de deixar também um manual de instruções, para que quem pegasse nela, na máquina estranha, soubesse o que fazer com ela, onde a ligar, como tirar maior rendimento. Desculpe-me esta imagem — repetiu Fried — mas isto é um manual de instruções, até tem desenhos — e tinha, de facto, desenhos de dedos desajeitados a apertarem botões, de mãos a fazerem força excessiva para simplesmente lavarem os dentes —, uma tarefa não de força, mas de certa maneira, de perícia, consideremo-la assim, tarefa que requer, se nos colocarmos na posição de alguém com dificuldades motoras, uma pontaria bem particular. Bem, disse Fried, não sei se quem a abandonou merece o nosso ódio e a nossa vingança por ter feito a velhacaria de abandonar alguém demasiado fraco para se defender minimamente, ou se merece o nosso agradecimento.

Porque mereceria o nosso agradecimento? — tive vontade de lhe perguntar, mas estávamos a chegar a Berlim, à estação.

# 5

## Dizer adeus

Fried, que ficara na estação para esperar por outro comboio — a sua viagem continuava —, aconselhara-nos um hotel não muito longe dali, barato, pertencente a um casal que há muitos anos protegia a sua família e cuidaria bem de nós, segundo disse; e dirigimo-nos então para o hotel, Hanna e eu, já depois do jantar, com o papel da morada escrita pelo punho de Fried que, acrescentara, no outro lado (não consigo escrever apenas coisas úteis, dissera) as enigmáticas palavras A VIBRAÇÃO DA PAISAGEM NÃO IMPEDIRÁ A VIDA — e depois escrevera *de Fried Stamm com amizade*. Despedimo-nos estranhamente — mal o conhecia, haviam sido apenas umas horas de conversa — com um apertado abraço na estação, e depois ele fez o mesmo a Hanna mas muitas vezes e apertando-a com tal força que me fez recear o pior, uma reacção dela imprevisível — sairão gritos, começará a mexer-se desordenadamente? Mas não: ela retribuiu como pôde com os braços gordinhos a bater repetidamente nas ancas de Fried, como se este fosse um instrumento amigável de percussão, um instrumento que, quando se batia nele, nos abraçava; e a imagem estranha — outra pessoa diria bela, no entanto não o era, bem pelo contrário, analisada de modo frio era afinal terrível — era que Fried, tal como eu, parecia pedir--lhe desculpa por não ser como ela, por ser normal e por entender as coisas; com consciência plena de que poderíamos sair da nossa tristeza, qualquer que fosse a sua profundidade, mas ela não poderia sair da quantidade de incapacidades que tinha, como que cercada de mundo a mais — porque o mundo se mantém o mesmo para todos, mas a ela sobrava mundo e a nós por vezes faltava. Porém, o último aceno de Fried e a minha resposta foi o que mais me envergonhou. Ele despediu-se como se eu, Marius, fosse um homem bom, alguém que estava a fazer um acto de rara generosidade, mas eu sabia que não o era, no entanto como explicar ali, e que razão me levaria a fazê-lo? Então tratei — e disso me envergonho — de acenar também como se a minha mão fosse mesmo a de um homem bom; no fundo por vezes estamos vivos apenas para isto — aceitar o que vai acontecendo, e avançar.

# III

## O HOTEL

# 1

# O hotel

Talvez excessivamente escuras e apertadas, as pequenas ruas secundárias que davam acesso ao hotel — o que fazia recear que aquela morada desembocasse num edifício absolutamente degradado.

Planeava ficar por ali com Hanna alguns dias. E se tudo corresse bem poderia entregá-la à pessoa certa — pelo menos era nisso que com uma excessiva fixação pensava. Tratava-se de procurar na cidade, em certos estabelecimentos, e de seguir indícios a partir de um pequeno objecto que estava com Hanna no momento em que a encontrara, sozinha, e que nos poderia levar à localização do pai.

O hotel, embora numa rua apenas para peões cuja primeira parte era dominada, de um lado e de outro, por prostitutas, era bastante luminoso — situando-se já a uns bons metros das pensões e dos quartos que serviam à prostituição.

À porta, uma mulher gordíssima, que nos mandou entrar, lançou um impressionante olhar de asco em direcção a essa zona. Seguiu-nos pesadamente e depois passou à nossa frente rodeando o balcão da recepção do hotel. O átrio de entrada era largo e não merecia o mínimo reparo. Parecia confortável. A mulher, essa, era de uma gordura quase obscena, seios que sobravam de um vestido fora de moda, com um fundo esverdeado e umas bolas pretas que, à primeira vista, pareciam buracos, de dois a três centímetros de diâmetro, por onde, pensei, se poderia espreitar para dentro daquela mulher como se espreitava, às escondidas, por uma qualquer fechadura; e naquele momento veio-me a imagem de que me baixava para espreitar por aquelas bolas pretas do vestido e que numa determinada posição conseguia finalmente ver o que se passava do outro lado e que no preciso momento em que o meu olho estava prestes a reconhecer as formas que via e a dar-lhes um nome, um pico, uma agulha, qualquer objecto assim, de repente me feria o olho, e eu, com um grito, saltava para trás e dizia à dona do vestido que não queria mais espreitar por ali, que tinha ficado cego.

— É sua filha? — perguntou.

— Sim, respondi.

Pedi um quarto — duas camas. Era assim que ficávamos sempre.

Ela sorriu para Hanna. Hanna sorriu. Era tão fácil simpatizar com ela, por vezes demasiado fácil.

A senhora pôs a chave em cima do balcão. Uma chave normal a que estava presa uma pequena tábua de madeira com um nome. Fixei os olhos no nome do quarto.

— Os quartos não têm número? — perguntei.

— Só têm nome. O hotel é pequeno, é fácil chegar lá. É depois deste longo corredor. Encontra rapidamente o quarto.

Olhei de novo para a placa de madeira. Não havia qualquer dúvida. O que estava escrito na placa de madeira era AUSCHWITZ.

— Este é o nome do quarto?

— Sim — respondeu ela.

— Não tem outro quarto?

— Temos outro vago. E com duas camas. Mas se é a questão do nome não adianta muito.

E afastou-se para eu poder ver atrás dela o mapa dos quartos. Todos tinham o nome de um campo de concentração: TREBLINKA, DACHAU, MAUTHAUSEN-GUSEN.

Marius pensou em várias coisas ao mesmo tempo. Teve o impulso de virar as costas de imediato e de tirar Hanna dali, mas não o fez.

— Porque fazem isso?

— Porque podemos — respondeu a senhora, secamente. — Somos judeus.

# 2

## O quarto


A primeira vez que fizemos o percurso até ao quarto quase magoava a mão direita de Hanna, com a força com que a apertei com a minha mão esquerda. Na outra mão levava a chave e os meus dedos não tapavam por completo o nome inscrito na madeira — o que ainda causava mais estranheza e, é bom dizê-lo, um certo medo. Pelo canto do olho olhava para a mão, e o que eu via, de cima, era isto:

AU...........Z,

sendo o espaço do meio ocupado por dedos que, muito ligeiramente, mas em definitivo, tremiam.

Avançámos. Todos os quartos tinham uma placa metálica, ligeiramente acima do olho de vigia, com o nome. O primeiro do lado direito era Buchenwald, o segundo Gross-Rosen, o terceiro, era o nosso, AUSCHWITZ. Coloquei a chave na fechadura, rodei para um lado, depois para o outro: abriu. Com um braço empurrei a porta toda para trás, Hanna entrou logo no quarto com rapidez como fazia sempre. O quarto tinha duas camas — uma maior, que seria a de Hanna, e outra, que seria para mim, mais pequena, mas com aspecto confortável.

# 3

## Os sorrisos na rua

Ao princípio da manhã saímos do hotel — havia muito para fazer nesse dia — e só aí, afastados, me lembrei de que o hotel não tinha nome, ou pelo menos esse nome não estava visível em lado nenhum — nem na entrada, nem em qualquer documento de que me lembrasse —, o que não era significativo, apenas um pormenor a que, no regresso, eu deveria dar atenção.

Descíamos, já ao fim da manhã, a rua principal ocupados com um dos passatempos inconsequentes que fascinavam Hanna: contar coisas iguais — candeeiros, pequenos bancos de rua — ou pessoas com determinado tipo de vestimenta, pessoas com casaco longo, uma, duas... três pessoas com chapéu — uma, duas, três, quatro, cinco, seis, sete; mulheres de cabelo comprido, mulheres de cabelo curto, homens com barba, sem barba; cães, carros de cor preta, carros de cor cinzenta.

Propus-lhe, nessa altura, contarmos as pessoas que passavam a sorrir e começámos a contar, e a princípio pareciam poucas — uma, lá ao fundo, duas, três — mas o mais interessante era que havia, e tal ficou claro a partir de uma certa altura, uma relação directa entre os sorrisos e a proximidade física, espacial. De uma forma objectiva, eram muito mais as pessoas que sorriam quando muito próximas de nós. Poderia pensar que se tratava de um puro acaso e que o facto simples era que as pessoas que estavam a maior distância estariam apenas mais neutras ou infelizes, mas o que se passava realmente era que Hanna como que fazia batota, induzindo, sem consciência, o aparecimento de expressões simpáticas. Quase invariavelmente as pessoas que se cruzavam connosco deixavam cair algo que, segundos antes, lhes fechava o rosto e, sem defesas de qualquer espécie, sorriam, carinhosa e abertamente, umas vezes para ela, outras vezes para mim, outras vezes para os dois.

A contabilidade que eu e Hanna levámos a cabo atingiu assim proporções claramente irreais. Talvez em quinze minutos, não mais numa outra vez em que repetimos este jogo tive o cuidado de confirmar com exactidão o tempo de passeio, o que aqui não aconteceu —, mas dizia que, em não mais de quinze minutos, contámos setenta e seis pessoas a sorrir. Mesmo tendo nós estado a descer a rua principal da cidade num momento do dia agitado — antes do almoço —, tal número não se justificava; não era preciso ser pessimista para perceber que era impossível existir tanta felicidade, digamos, por metro quadrado. E a sensação que eu tinha era de que Hanna se constituía como um elemento estranho, que parecia, como Moisés, à medida que avançava, separar as águas. A sensação era a de que a cidade e os seus elementos humanos — e mesmo não humanos (até as coisas fixas, os postes de electricidade) — se desviavam para um lado ou para o outro quando ela se aproximava, mas aqui, ao contrário do que sucede aquando da passagem de um homem poderoso ou de uma caravana de carros sinalizada como importante, o desvio a que Hanna obrigava as pessoas — desvio concreto, físico, um metro mais para a direita ou para a esquerda — era realizado com profundo e evidente prazer, prazer que se exteriorizava, então, quase infalivelmente, por via de um sorriso naquele momento crucial, decisivo, na história das cidades, e a que raramente se dá a devida atenção, esse momento de intensidade extrema em que duas ou mais pessoas, caminhando em direcções opostas, se cruzam, não apenas numa linha próxima dos ombros, mas ainda visualmente. Esse momento de cruzamento com outros tornou-se para mim — em tantas outras ocasiões — um momento de satisfação, como se murmurasse para mim próprio: mais um, mais um!, numa espécie de jogo de sedução em que, para mais, não era eu nem o sujeito nem o objecto da sedução. Muita da extraordinária sensação de reconhecimento que eu sentia devia-se à expectativa criada no pequeno trajecto — espacial e temporal — que ia daquele momento em que, ao longe, a trinta metros, digamos, víamos uma pessoa, até ao referido instante em que, se quiséssemos e se nos esforçássemos, poderíamos ver a cor dos olhos do outro, e o outro poderia ver a cor dos nossos olhos, tal a proximidade. E sim, as pessoas quando cruzavam o olhar com Hanna sorriam, com simpatia.

# 4

# Comer

Nesse dia parámos mais tarde para comer, e sentados, frente a frente, num restaurante, enquanto a observava a devorar uma fatia de bolo, lembrei-me das diversas vezes em que lhe havia perguntado pelo nome do pai e de como ela, invariavelmente, respondia que se dissesse o nome do pai lhe arrancariam os olhos e a língua. E tal era dito com serenidade e, ao mesmo tempo, com uma espécie de terror inclassificável; se eu disser o nome do meu pai, arrancam-me os olhos e a língua! E fazia os gestos, simulando.

Era nisso então que eu pensava enquanto via na boca dela a luta entre a comida e a linguagem, entre o querer comer e o querer falar, entre uma necessidade, a da alimentação constante, e uma possibilidade de linguagem que nos distinguia em absoluto de qualquer outra coisa ou bicho. E era evidente para mim que, se a língua nos faltasse um dia, se desaparecesse, se fosse arrancada como Hanna temia, faria aparecer em nós uma ânsia extrema e uma nostalgia não da fala correcta, bem pronunciada, mas muito mais do gosto, do sabor da comida, da satisfação fisiológica que a boca tira, ou rouba mesmo, de cada alimento.

E à minha pergunta — quem te disse isso? essa coisa... os olhos, a língua — ela emudecia e passava para outro mundo; desistindo de mim, de me explicar. Por vezes, eu ficava a pensar que talvez o próprio pai lhe tivesse feito essa ameaça, outras vezes pensava que poderia ter sido uma outra pessoa — quem?, a mãe, por exemplo, se ela existisse; Hanna nunca falara da mãe, era um vazio completo nas suas referências; ou um médico, um amigo, uma outra deficiente com trissomia 21 nas brincadeiras por vezes violentas entre crianças. Outras vezes eu concluía que Hanna dizia, afinal, algo sem sentido concreto, que inventava simplesmente.

# IV

## SUBIR E DESCER

# 1

# Vertigens

Da parte da tarde, encontrámos a morada do antiquário que eu procurava. Era um prédio abandonado na parte velha da cidade, de quatro andares, em que, do rés-do--chão ao terceiro andar, não vivia ninguém se considerarmos que cada habitação pressupõe antes dela uma porta que se possa fechar e que assinala a fronteira, a divisão, entre a parte de dentro — a casa — e a parte de fora — o mundo. Pois bem, até ao quarto andar não havia uma única porta e o que antes teriam sido habitações familiares, pobres, sem dúvida, eram agora restos de elementos de construção, como um texto que por descuido súbito (a mancha provocada por água que se entornou) vai perdendo palavras e frases inteiras até se tornar ilegível e atingir aquele ponto do incompreensível abaixo do qual qualquer ideia de reconstrução se torna impossível. Eis, pois, o que Marius sentia ao olhar para aqueles antigos apartamentos feitos agora em ruínas, visíveis para quem subia pelas escadas do prédio — eram casas, então, incompreensíveis, casas que não se compreendem enquanto casas porque não se podem reconstruir; os traços que ficaram, que sobreviveram, não são suficientes — não se trata apenas de um rosto que ficou irreconhecível, mas de um rosto que perdeu a sua humanidade e por isso exige uma outra palavra que o designe. A subida até às ANTIGUIDADES VITRIUS foi, então, um momento de muitas sensações, quase todas desagradáveis. E como estaria Hanna a interpretar o que via? — pensava Marius —, como um jogo?, como uma partida que Marius lhe pregava — agora vou levar-te para um sítio feio! — ou como um conjunto de casas simplesmente desarrumadas que alguém, em pouco tempo, recolocaria em ordem? Estaria assustada? — Lá em cima é o antiquário de que te falei — repetiu Marius três vezes, não apenas para a acalmar, mas também, de certo modo, para se convencer a si próprio de que não se enganara. Para além desta paisagem desoladora que só se conseguia discernir de forma intervalada — porque não havendo luz nas escadas a única luminosidade vinha das janelas, o que manifestamente não era suficiente —, havia ainda o esforço físico que, de repente, ganhou uma evidência absoluta, devido ao som, naquelas condições quase ensurdecedor, primeiro da respiração de Hanna, e depois da respiração ofegante de Marius. Um outro foco de perigo — e o que ganhava, a cada degrau que subiam, maiores proporções — era o facto de as escadas de pedra, velhíssimas, de degraus irregulares, não terem qualquer corrimão, ou a mínima protecção lateral, tendo então Hanna e Marius de subir, o mais possível, encostados à parede, pois a partir do segundo andar a iminência de uma queda anunciava uma tragédia. A certo momento, para Marius, parecia-lhe o fim da linha. Ele tentava, como sempre, proteger Hanna, tendo-lhe por isso deixado naturalmente a parte de dentro das escadas — Hanna subia roçando por vezes a mão esquerda na parede, e equilibrando-se nela quando necessário, e Marius dava, também como habitualmente, a sua mão esquerda à mão direita de Hanna, estando pois ele, assim, do lado de fora, a menos de meio metro de um buraco — como outro qualquer, pouco iluminado —, o que o colocava a alguns centímetros, e tal começou a ganhar corpo, de uma queda terrível. Nunca até ali sentira isso, mas agora naquela subida tornara-se evidente: Marius sentia vertigens, e alguns passos eram dados de forma hesitante não pela irregularidade dos degraus, mas a certa altura por uma irregularidade motora ou, mais precisamente, irregularidade e instabilidade de um qualquer centro de decisões. Balançava, então, agora, não apenas entre um pudor natural e um apertar cada vez mais estreito ao seu lado de dentro, e portanto a Hanna, numa proximidade física, num contacto físico que nunca tinham tido até ali — Marius sentia pela primeira vez o enorme, espantoso, quase inumano calor que vinha dela — balançava então assim não apenas fisicamente entre o seu lado esquerdo, possuidor de maior temperatura e de maior segurança, e o seu lado direito — mais perigoso e mais frio —, também havia nele um desequilíbrio a nível mental, psicológico. Marius sentiu, pelo menos duas vezes, claramente, essa vontade de se deixar ir, de largar a mão de Hanna e de se atirar dali abaixo. E tinha tanto medo de se atirar dali abaixo — alguma coisa no seu interior, algum mecanismo o empurrava para isso mesmo — que tal resultava num combate, invisível para qualquer pessoa que observasse a cena, mas bem real e concreto, entre o que os seus músculos faziam com todas as suas forças, buscando até ao limite uma espécie de inflexibilidade muscular — não farei isto! — e o que fazia a sua vontade mais inexplicável — que, definitivamente, por dentro, o empurrava e lhe repetia, como as más, as muito más sereias, atira-te já, atira-te!

Marius respirou fundo — duas, três, quatro vezes — e concentrou-se no movimento dos pés, só dos pés, pensou neles com tal pormenor que conseguia ver mentalmente a imagem dos dedos, da palma dos pés, das próprias unhas; e concentrado assim no seu ponto corporal mais baixo, nos seus elementos de suporte, Marius foi subindo, degrau a degrau, apertando, sem disso ter consciência, de uma forma violenta, a mão de Hanna, o que ela deverá ter entendido como mais um outro movimento protector por parte de Marius e que este também o terá entendido assim; no entanto o que ali se passava era o inverso — Marius, ele sim, protegia-se, encontrava um ponto de fuga, orgânico, no que afinal aparentemente não pode proteger, no que havia nascido como que já separado da função protectora; Hanna e Marius, ambos não percebendo nada do que acontecia, conseguiram — tratou-se de um feito, sem dúvida — chegar lá acima, finalmente, ao quarto andar, onde sentiram, como quem vindo de várias semanas na selva chega à civilização, de imediato, embora ainda faltassem uns degraus, o reconforto da luz eléctrica. E Marius levantou então a cabeça e num néon de um amarelo gasto, como se, de súbito, o nome de Deus lhe tivesse sido revelado, ali, no topo, em alfabeto romano, leu: ANTIGUIDADES VITRIUS. E quis ainda dizer: É aqui — mas a voz não chegou a sair.

# 2

## A visita ao antiquário Vitrius

Marius passou longos minutos sentado numa cadeira que Vitrius — o antiquário de quem por diversas vezes tinha ouvido falar — lhe oferecera. Descreveu-lhe a sensação de vertigem que sentira e Vitrius explicou-lhe que era normal e que a reduzida luminosidade, ou mesmo a quase escuridão de algumas porções do trajecto das escadas entre dois andares, aumentava as sensações de vertigem. É como se no escuro sentíssemos que estamos ainda mais alto, que a queda ainda é maior e por isso mais convidativa, disse Vitrius enquanto lhe passava para a mão um copo de água com açúcar.

A menina tem de tratar do pai, disse Vitrius, rindo-se, simpaticamente, para Hanna.

Marius quis dizer que não era o pai da menina, mas ainda estava ofegante — e que importava isso? Hanna, essa, recuperara extraordinariamente do esforço da subida. Diga-se, porém, que o estado de exaustão de Marius se devia não tanto ao esforço físico concreto, mas sim à ansiedade causada pelas vertigens.

Marius sorriu, finalmente.

Vitrius era um homem altíssimo, de constituição sólida, com uma pequena barbicha — fisicamente lembrava as representações do Dom Quixote; pois bem, era isso — pensava Marius —, subimos tanto, às escuras, e tão dificilmente, porque vínhamos ter com o D. Quixote. O acesso não poderia ser fácil, pensou, bem-disposto, já quase recuperado.

Vitrius disse que lhe agradava a dificuldade de acesso à sua loja. Só sobe aqui — disse ele — quem quer mesmo qualquer coisa. Não há cliente que entre aqui e não deixe dinheiro — riu-se — nem que seja por devoção, como quem deixa dinheiro na caixa de esmolas de um santuário que fique num ponto alto; todos deixam aqui dinheiro; levam pelo menos uma peça, e não discutem os preços. Espero que você faça o mesmo — e sorriu de novo. — Tem dinheiro?

Marius sorriu e acenou com a cabeça que tinha, que não se preocupasse, tinha dinheiro.

# 3

# Dom Quixote

— Caro D. Quixote — disse Marius, e Vitrius respondeu-lhe ao sorriso —, será que consegue saber — continuou, enquanto tirava algo do bolso — a que objecto antigo pertence isto?

E rasgou o papel que rodeava a peça metálica, estendendo-a depois à mais exemplar cópia física do D. Quixote, o antiquário Vitrius. Vitrius agarrou na peça e observou-a em silêncio, rodando-a na mão. Era um objecto que Marius encontrara num bolso de Hanna no dia em que se cruzara com ela, perdida, no meio da rua, pedindo-lhe ajuda para encontrar o pai. Era um indício. Na sua base estava escrito: Berlim. Parecia uma minúscula balança, mas não era.

— Consegue identificar este objecto?

Vitrius continuou em silêncio durante vários segundos, irritantes para Marius, que, num certo instante, um milésimo de segundo, sentiu um brutal ódio por aquele homem que permanecia calado como alguém que tem poder e, face a quem não o tem, o exerce. E odiou-o simplesmente por ele não ter dito uns lugares-comuns, uma frase, ou mesmo uma ou duas palavras sem ligação e sem sentido, mas pelo menos isso — odiou-o nesse milésimo de segundo e arrependeu-se, de imediato, de lhe ter sorrido e de lhe ter chamado D. Quixote — essa manifestação imprudente e tão rápida de proximidade que muito claramente não poderia existir em quem acabava de estar pela primeira vez frente a frente. Mas tal como apareceu, num milésimo de segundo, essa sensação de ódio desapareceu logo de seguida, e, embora as palavras ouvidas fossem quase inconsequentes (Não sei — disse apenas Vitrius —, não reconheço isto...), o antiquário voltou de novo, aos olhos de Marius, cada vez mais curioso, ao estatuto de um D. Quixote, maluco por velharias, com uma loja no quarto andar de um prédio abandonado e que assumira esta posição geográfica não apenas como estratégica e de eficácia comercial, mas até existencial — não perder tempo com *clientes do vazio*, como Vitrius designava os que entravam só para ver, como quem vai não a uma loja — brincava o D. Quixote mas ao cinema. — Assim tenho tempo para o resto — dizia Vitrius. E o resto era imenso; múltiplas tarefas que passavam pelo estudo de livros antigos — cujas passagens Vitrius transcrevia para os seus cadernos — e pela recuperação de peças antigas com algum defeito ou com partes em decomposição. Um dos compartimentos, ao fundo da loja, do lado esquerdo, era uma pequena oficina de não mais de seis metros quadrados, mas que conseguia ter lá dentro uma enorme quantidade de pequenas máquinas — um torno, um ferro de soldar, serras, plainas etc. —, oficina onde se percebia, numa grande mesa de madeira, a existência de inúmeros trabalhos a meio; e de tal forma e tão rapidamente se percebeu o prazer que

Vitrius tinha nos seus estudos, nos seus trabalhos de recuperação de objectos antigos e numa série de outras tarefas — umas, é certo, bem mais absurdas e pouco compreensíveis — que ficou claro para mim que a loja era apenas o exterior visível de um enorme mundo que existia na parte de trás. Vitrius percebemo-lo algum tempo depois, quando o à-vontade entre os três estava já instalado — morava mesmo ali. Um dos compartimentos eram cinco no total — era um pequeníssimo quarto; todos os compartimentos eram minúsculos com a excepção da área da loja, onde estavam expostos os objectos antigos. Com apenas uma cama estreita e um armário ocupado de cima a baixo por livros e prateleiras ainda com mais livros que cercavam por completo a cama, o que mais surpreendia era, afinal, a dimensão do quarto, que não teria mais do que cinco metros quadrados — pouco maior do que a mesa de trabalho do outro compartimento — e a desproporção dessa dimensão quando se comparava com o número impressionante de livros que cabiam ali. Tirando algumas peças de roupa, amontoadas, não havia nenhum outro objecto, não havia uma única peça, um cinzeiro, um copo, um lápis, nada — que pelo menos Marius tivesse detectado com os seus olhos normalmente eficazes —, nada a não ser livros, filas duplas de livros, prateleiras onde nem o mais minúsculo tratado sobre a delicadeza poderia ainda caber; prateleiras cheias por completo, lembrando — Marius teve essa imagem na cabeça durante uns instantes — gelo que, dentro de um congelador, exige mais espaço e que depois de forçar a abertura da porta, já ao ar livre, não descongela e, pelo contrário, mantendo-se sólido, continua a crescer, a avançar, muito lentamente, como se fosse um bicho mudo e com uma paciência gigantesca que, aos poucos, obrigará o dono do quarto a sair. Eis o que sentia Marius como iminente: os livros acabariam por obrigar Vitrius a sair — estavam vários montes de livros no chão e os livros cobriam quase toda a superfície da cama. Obviamente, antes de se deitar, Vitrius, para conseguir entrar na cama, teria de colocar os livros no chão — provavelmente de uma forma cautelosa e ordenada, pois, apesar desta confusão, os livros estavam muito bem conservados, sem dobras visíveis, e sem nenhum indício de mau trato. Verdadeiramente não entrámos no quarto, espreitámos da porta — primeiro eu, depois Hanna, que se riu imenso tempo e achou fascinante tudo aquilo; era impossível entrar no quarto —, as dimensões eram de facto reduzidíssimas, e o chão, como disse, estava cheio de livros — que ninguém poderia, de forma alguma, pensar em pisar. Vitrius entrava então directamente na cama, deixando, explicou-nos, os sapatos cá fora, e só depois de passar do cobertor para o chão vários livros — fazia isto ainda com os pés e a maior parte do corpo fora do quarto, esticando a mão direita —, só depois, então, de ter a cama livre, é que ele, aproveitando a distinta magreza e a agilidade que mantinha, mergulhava — e tal termo não é apropriado pois fazia-o de forma muito lenta, mas talvez não exista termo apropriado —, mergulhava, então, cuidadosamente, na cama, pousando nela primeiro a mão direita, o mais afastada possível, depois, logo a seguir, a mão esquerda, e depois então avançava o resto do corpo, um joelho em cima da cama, por norma o direito, e depois o outro — e já estava lá dentro, no quarto, em cima da cama.

Sentia-se, explicou-nos depois, todas as noites como que a entrar num túnel e certamente que a sua agilidade e a sua compleição física se deviam em parte a este hábito, já de muitos anos, de entrar assim na cama. Tinha de ser bastante magro, brincava Vitrius, de outra maneira não poderia viver aqui. Para sair da cama, nunca pisando o chão do quarto, Vitrius, primeiro, arrastava-se sobre as nádegas, da cabeceira para os pés da cama, e depois, novamente fazendo uso de uma invulgar agilidade, colocava um pé no chão, fora do compartimento. Em geral saía primeiro com o pé esquerdo e, depois, agarrando-se com as duas mãos à ombreira da porta, orientava o seu peso para a frente atirando-o bruscamente para fora do quarto, e era assim, então, que ele saía da cama cada manhã, na sua própria expressão, como se acabasse de cair, pois o segundo pé pousava no chão com uma velocidade e um impacto bem fortes — e esta sensação de acordar num salto era, para ele, já quase indispensável, como nos disse. Trata-se de sair do quarto e entrar no dia já em movimento firme; não há prólogos, nem introduções, como ele dizia, entro logo nos outros compartimentos com o balanço que vem da minha saída da cama. Nunca me sinto a acordar, continuou, sinto sempre que já estou acordado, como se não existisse um momento intermédio em que venho do sono e me preparo para começar o meu estado de vigília e actividade; para mim, pelo contrário, só há dois momentos: o da actividade e o do sono. E gosto de dormir, disse-nos ainda, não me queixo disso — a mais bela das necessidades que nos impuseram — murmurou — talvez a única. E depois desta frase, entre a grandiloquência e a ironia, Vitrius pôs a mão no pescoço gordo de Hanna e, simpaticamente, como que a pedir desculpas por tanto palavreado, começou a fazer-lhe, primeiro com o dedo indicador, depois com todos os outros dedos, cócegas que foram de tal modo eficazes que a certa altura eu próprio, embora agradecendo e compreendendo o gesto, tive de lhe pedir que parasse. Já conhecia Hanna o suficiente para perceber que o desenvolvimento daquelas gargalhadas poderia não ser o melhor.

— O D. Quixote é teu amigo — disse eu depois a Hanna enquanto lhe tentava acalmar o riso que começava já a descontrolar-se.

# 4

## A mão

Vitrius quis mostrar-nos depois uma das suas peças. Uma curiosidade — disse. E eu gostava daquilo, eu gostava tanto daquilo que me esquecera de tudo o resto.

Estávamos no compartimento gigante que constituía a loja propriamente dita. Havia peças por todo o lado. E cada uma delas parecia estar ali como a primeira parte de uma história longa, estranha, rara, entusiasmante. Como se fossem — foi assim que pensei — títulos de livros — como se o que víssemos fosse apenas isso, as capas com os títulos, uma espécie de mancha, neste caso, material, concreta, que dava a quem via apenas a ideia do tema, falemos assim, do objecto — se era uma arma, um utensílio antigamente utilizado na cozinha ou uma ferramenta que os homens levariam para o campo. Mas o que o fascinava não eram claramente os objectos — a Marius o que lhe interessava era ver aquelas peças como os restos de uma ou mais biografias. Não lhe interessavam tanto os objectos que via, alguns, sem dúvida, com formas extravagantes, interessavam-lhe muito mais as mãos que teriam rodeado, puxado, empurrado, adorado à distância, cada um daqueles artefactos. De resto, a certa altura, era isso que Marius via — via só o que não estava ali —, observava, como um simples espectador, uma espécie de baile de mãos, baile interminável de inúmeras mãos.

— Como se pega nisto? — foi a pergunta que repetiu Marius, apontando para objectos de formato insólito e, por vezes, claramente, de utilidade misteriosa.

À primeira vista, de muitas daquelas velharias vinha a sensação estranha de que teriam pertencido a uma outra espécie humana — como se a evolução fosse não apenas técnica, mas dos próprios organismos. Para Marius quase parecia uma evidência que não poderiam ser mãos semelhantes às suas a manipular aqueles objectos — obtusos, quase todos, à primeira vista — ou feios simplesmente porque incompreensíveis. Alguns, claro, eram antepassados mais ou menos recentes de objectos que ainda naquele tempo se utilizavam — uma extraordinária balança cor de prata, por exemplo — e aqui a sensação era a de um menino diante de fotografias do avô: havia semelhanças físicas, restos fisionómicos que haviam resistido de uma geração de objectos para a outra.

Em Marius, então, sobrepondo-se à preocupação de que Hanna, com um movimento desajeitado, partisse alguma coisa, existia um esforço mental, que lhe dava evidente prazer, esforço mental que se fixava, como dissemos, no que poderiam fazer as mãos, por ali, em redor daqueles objectos. E o mais evidente, que saltava à vista como uma diminuição do homem, era que todos aqueles objectos que o rodeavam estavam feitos para serem manipulados, para serem ligados, accionados, empurrados, suportados pelas mãos, unicamente. E tal deixava a sensação de que a espécie humana era desprovida de qualquer outro órgão ou membro — pés, pernas, tronco, cabeça — todas estas partes pareciam simplesmente cumprir a função de suportar as mãos, existiam para que as mãos não estivessem no ar, abandonadas.

Foi por isso com prazer e um alívio quase inconveniente, que ninguém compreenderia se fosse explicado, que Marius se fixou numa das velharias de Vitrius, no meio de centenas de peças: uns pedais, uns extraordinários pedais que serviam para pôr em rotação uma máquina de costura. Depois, o olhar de Marius como que se especializou — em poucos minutos, ficou atento apenas a umas coisas, e indiferente a outras. Um pouco como acontece na adaptação dos olhos ao escuro — olhos que numa primeira fase parecem ficar cegos, mas que, a pouco e pouco, recuperam a sua capacidade de ver, de separar no espaço um objecto de outro, de perceber que um objecto está à frente e outro atrás, um mais à esquerda, outro mais à direita. Apesar da luz forte que inundava todo o compartimento da loja, Marius sentiu assim que os seus olhos, depois de um período em que haviam estado numa escuridão absoluta, vendo apenas um elemento — os objectos feitos para as mãos — se haviam adaptado e, agora, poucos minutos depois, estavam como cães de caça à procura de objectos de outra natureza. E estes começaram a aparecer. Depois de o olhar se fixar nos pedais, saltou para um objecto enorme, antepassado próximo dos microscópios; e depois deste objecto para os olhos viu um objecto para os ouvidos, um telefone com um formato estranho, rectangular; e depois umas caixas de pó — o que seria aquilo? — claramente dirigidas ao olfacto humano. O seu olhar dava agora saltos e, em vez de avançar com os pés de pedra em pedra para não cair à água, o olhar pousava, com os tais saltos, nos objectos mais insólitos, sem o fantasma da mão presente em seu redor. Apesar disso, se a dimensão de cada membro humano dependesse da quantidade de objectos que estavam ali para, digamos, o servir, o homem seria uma coisa monstruosa: feito de umas mãos gigantes, colossais, dominadoras, mãos que se tornariam o rosto, a parte do homem para onde não se pode deixar de olhar, e tudo o resto — pés, olhos, cabeça, tronco — seriam apenas vestígios — pontos que marcariam uma presença afastada. Marius — e o facto de naquele momento Hanna apertar com força a sua mão como tantas vezes fazia passando-lhe o calor do corpo talvez também tivesse tido influência nisso — lembrou-se então de um episódio que vivera há alguns anos, episódio que ainda hoje por vezes entrava nos seus pesadelos.

Num café, com mesas ao ar livre, Marius sentara-se e fora servido por um homem, jovem, de óptimo aspecto, bonito mesmo, mas que deixou logo nos seus gestos iniciais um qualquer rasto de insegurança que colocou Marius alerta. Rapidamente percebeu que o empregado tentava fazer tudo mantendo a mão esquerda discretamente junto ao tronco, sendo assim possível que ela não entrasse em acção. O primeiro momento em que Marius de certa maneira viu essa mão em cena não permitiu tirar conclusões — era a mão que estava debaixo da bandeja. Mas, mesmo assim, houve logo ali a sensação de que algo não era normal. Embora a visibilidade não fosse suficiente, havia como que uma energia inquietante que vinha dali, da parte de baixo da bandeja, energia a que Marius não conseguia resistir. E o seu olhar começou a ter um objectivo concreto naqueles poucos segundos — perceber o que estava a acontecer ali, debaixo da bandeja. Claro que não se tratava de acontecer, nada acontecia ali, nada estava propriamente a ser feito naquela altura, mas algo estava ali, e o que estava ali ficou nos momentos a seguir evidente. O empregado pousou a bandeja na mesa, com a mão direita pôs à frente dos clientes umas garrafas e uns copos e, a poucos centímetros daquela acção, mantendo-se junto à bandeja, mas agora mais lateralmente, lá estava a sua mão esquerda, que agora, naquele ângulo, deixava visível toda a sua monstruosidade. E o que mais aterrorizou Marius, ele recorda-se bem, foi a monstruosidade não ser efeito de uma deformação, de algo que não está bem, de algo defeituoso, em falta; pelo contrário: a mão era perfeita, tinha os cinco dedos, e os dedos eram proporcionais entre si e entre a palma da mão, porém a mão era gigante, enorme, tinha o tamanho talvez de mão e meia, e esta metade de tamanho a mais que pode, à primeira vista, parecer pouco relevante, tinha consequências absolutamente assustadoras. O terror, e era mesmo disto que se tratava, vinha precisamente da harmonia em redor, de tudo estar certo, de tudo estar no seu lugar — de aquele homem ter um rosto bonito, simpático, de ter um corpo quase de atleta e, depois, ali, subitamente, aquela mão esquerda, enorme, como se a mão de um gigante tivesse sido ali implantada. Quando as duas mãos, por um acaso, se aproximavam, o contraste era terrível — e todos os movimentos anteriores deste homem, toda aquela insegurança que ele antes transmitira, ganhavam para Marius finalmente o seu completo sentido. Toda aquela existência, por mais extraordinários ou monótonos que fossem os acontecimentos, estava marcada por um objectivo único: viver tentando esconder o mais possível a mão esquerda. Marius, como muitos outros, tentava olhar agora, o mais discretamente possível, para aquela mão, tentando que o homem não se apercebesse disso — mas claro que aquele homem há muito percebera onde estava localizado o seu sofrimento, onde estava localizada a sua desgraça. Aquela mão enorme sabia estar a ser observada, constantemente.

E Marius pensou que, em definitivo, e embora tudo o resto fosse normal, e mesmo belo, aquele homem estava reduzido à sua mão gigante; aquele homem não tiraria da sua cabeça a imagem da sua mão, morreria a pensar na sua mão esquerda gigante, receberia a extrema-unção a pensar na sua mão gigante, entraria no outro mundo, no mundo dos mortos, ainda e sempre tentando esconder a sua mão esquerda.

# 5

## Os dois ponteiros

— Este relógio é uma preciosidade — disse Vitrius —, reparem.

E aproximámo-nos todos. Hanna murmurou algo que não se percebeu.

Marius ainda pensava na imagem do homem da mão gigante; no caixão aberto, no velório, com a mão direita sobre o tronco e a mão esquerda tapada, num último gesto de atenção e de amor por parte da mulher ou da filha.

— Já repararam? — disse Vitrius, rodando o relógio.

À primeira vista era simplesmente um relógio velho e avariado, com um único ponteiro: o dos minutos.

— Este relógio teve claramente dois ponteiros, dois, é inequívoco. O dos minutos, que aqui está, completamente parado, morto porque cá atrás aquilo que o fazia funcionar parou — e Vitrius virou o relógio e mostrou-nos os mecanismos —, mas cá atrás, vejam, é assustador: o mecanismo do ponteiro das horas, o ponteiro que já não existe, esse

*81*

mecanismo ainda funciona, ainda roda, conseguem ver? É perturbador.

E o certo é que parámos ali, naquele instante, de falar. Instalou-se o silêncio e até Hanna permaneceu calada a olhar, espantada, mais para nós do que para o mecanismo do relógio, tentando compreender a nossa estupefacção. O que eu via, olhando agora com toda a atenção, era algo que tive de imediato a consciência de que tal como a mão gigante daquele empregado — não esqueceria. O mecanismo do ponteiro das horas continuava a rodar, a rodar a um ritmo certo, constante, numa palavra: funcionava, estava vivo. Mas do outro lado não havia o membro que exibisse essa vida interna do relógio, que a exteriorizasse. Como os homens que muitos anos depois de perderem um braço ainda sentem o seu fantasma a mexer-se no sítio onde agora nada existe, também ali não havia membro que se movimentasse, no entanto permanecia a vontade de o fazer movimentar.

Ficámos por instantes ainda calados, com os olhos fixos, hipnotizados por aquela pequena parte do relógio que continuava a girar, inutilmente, sempre a rodar ao mesmo ritmo; como se aquele movimento inútil e incessante olhasse para eles os três — Hanna, Vitrius e ele próprio, Marius — e a cada um deles pedisse ajuda; parecendo alguém que se está a afogar mas jamais se afoga em definitivo e também não recebe ajuda, e assim fica, pensou Marius, naquela angústia de estar, eternamente a cumprir uma pena no Inferno, sem um único momento de pausa, à beira do afogamento.

— Estou à procura do meu pai — disse subitamente Hanna, interrompendo os devaneios de Marius e Vitrius. Marius ficou calado.

# 6

## A descida

Saíram — Marius e Hanna — daquele prédio a cair aos pedaços.

A descida, apesar de tudo, foi menos angustiante e Marius quase que se esqueceu das vertigens, talvez porque estivesse com a cabeça cheia de imagens e fascinado ainda por aquele D. Quixote.

Vitrius ficara com a peça. Respondera-lhe que precisava de investigar, falar com algumas pessoas para saber com absoluta certeza que objecto era aquele que Hanna tinha no bolso no dia em que Marius a encontrara.

Vitrius pedira para lhe dar alguns dias.

Lá em cima, na loja, o próprio Vitrius — com a peça na mão — perguntara a Hanna o mesmo que Marius já perguntara várias vezes:

— Isto era do teu pai?

E ela respondera que *sim*, que era do pai.

— Como se chama o teu pai — perguntara Vitrius, tentando ele também entrar, de surpresa, nas defesas de Hanna.

— Não posso dizer o nome — respondera Hanna. —
Arrancam-me os olhos!

E dissera isto, como muitas vezes, a sorrir, como se
estivesse a dizer algo muito divertido ou como se estivesse
a contar uma anedota.

Marius decidira deixar a peça a Vitrius. Confiava nele.
Voltaria ali uns dias depois, haviam combinado. Embora a
perspectiva de ter de subir de novo aquelas escadas, às
escuras, sem qualquer protecção lateral, o angustiasse,
essa ideia de regresso agradava-lhe. Era uma maneira de
estar mais algum tempo com o Dom Quixote.

# 7

## Gritar

O regresso nesse dia ao hotel fez-se debaixo de uma tranquilidade que só um cansaço satisfeito pode dar. Tudo o que antes o chocara naquele hotel parecia-lhe agora natural, leve mesmo. A senhoria gorda recebeu-os com um sorriso, deu-lhes a chave do quarto e, tendo em conta a hesitação deles, conduziu-os. Não era realmente fácil a orientação. Pelo menos, Marius ainda não percebera a lógica daquilo. Passaram pelos corredores de cabeça baixa. Marius olhava de relance para aqueles nomes, mas estava de tal maneira cansado e com a cabeça ainda naquele quarto andar de velharias que nada via atrás daquelas palavras, que lhe surgiam simplesmente como letras que, por acaso, se haviam juntado umas ao lado das outras (como num encontro casual entre duas pessoas numa esquina). Ali estavam, nas placas metálicas, letras: um T, um R, um E, B, LINKA, algumas letras do alfabeto romano, grandiosa invenção, e ali estavam também os dois já em frente ao seu quarto, conduzidos pela senhoria que, discretamente, já se despedia deles.

Marius abre a porta, roda a maçaneta para a esquerda, um olhar rápido nas últimas letras WITZ, um pequeno puxão a Hanna para entrar, e depois, lá dentro, trata-se de fazer o que tem de ser feito: abrir as luzes, fechar a porta por dentro com o trinco, deslocar um pouco a sua pequena cama, endireitando-a, e preparar Hanna, tentar convencê--la a escovar os dentes, a lavar-se, e depois, sim, dormir, que Marius está cansado e no dia seguinte, e ainda nos outros, há que continuar a procurar o pai de Hanna; por vezes Marius pensa que ele não existe, que estão à procura de uma pessoa inventada por Hanna — mas há que continuar a procurar, faz todo o sentido; ele não pode continuar com ela, é uma menina que tem trissomia 21; Marius não é médico, já sabe algumas coisas, já leu, está a ganhar prática, já assistiu até a alguns progressos dela, mas não é isso que ele quer, a sua vida é outra, nada tem a ver com aquilo, ele tem de tratar do seu assunto — esconder-se o mais possível, estar atento às notícias, ir ouvindo a rádio, perceber se precisa de mudar de cidade, se a sua fuga tem de ser óbvia, se é necessário correr, se se trata ainda de permanecer escondido, de permanecer longe de alguns sítios, de se ir afastando de onde partiu, enfim, há assuntos que ele tem de resolver sozinho e aquela menina não pode ajudar porque não compreende nada, nunca compreenderia nada se ele lhe explicasse — porque há uma coisa que a domina por completo, que agarra a sua existência como se agarram os braços de uma pessoa atrás das costas, deixando-a inutilizada e incapaz de qualquer resistência: a deficiência dela segurava-lhe nos braços, apertava-os atrás das costas, e como àquele empregado de café, com a mão esquerda enorme (soube depois que àquilo se chamava gigantismo, precisamente. Poderia acontecer a qualquer membro, era mais normal — na raridade da doença — ser no pescoço, ou até nas orelhas, mas ali, naquele caso, tinha sido na mão), também a Hanna, alguém, algo, um gene, uma distorção já muito estudada e conhecida pela ciência, lhe havia reduzido a existência, não à mão esquerda, como sucedera com o empregado de café, mas a algo difícil de definir. Como alguém que quisesse gritar, mas não tivesse órgãos para o fazer e assim permanecesse anos e anos, até que a morte, com a delicadeza de que por vezes é capaz, o viesse buscar, levando-o para um sítio onde finalmente tivesse os órgãos suficientes para gritar.

Marius perguntou a Hanna se ela estava bem, ela disse que sim; Marius disse Boa noite, Hanna respondeu Boa noite; Marius ficou contente, fechou a luz.

# V

## O Nome

# 1

# A forma do hotel

Os dias seguintes foram quase todos passados no hotel. Hanna ia-se entretendo com os jogos que estavam espalhados pelas mesas de convívio — cartas, o jogo de damas etc. A dona do hotel fazia companhia a Hanna, que claramente gostava dela. A mulher chamava-se Raffaela e tinha paciência para ficar horas a jogar um estranho jogo de cartas de que só Hanna parecia saber as regras — regras que ia mudando a cada jogada. Raffaela ria às gargalhadas com algumas expressões e brincadeiras de Hanna, e o marido, "o judeu Moebius", como ele próprio se apresentava um esqueleto, em perfeito contraste com a mulher —, tornou-se meu confidente; nessas noites as conversas entre nós os dois acabavam por vezes perto da meia-noite, hora excessiva para Hanna, que invariavelmente adormecia num dos sofás da sala de convívio, com a presença mais ou menos próxima de Raffaela, quase como um guarda fronteiriço.

Hanna em poucos dias fora, pois, como que adoptada

*91*

pelo hotel, tanto por Raffaela, que se assumia como protectora, como por Moebius, sempre mais distante, mas que partilhava os instintos cuidadosos da mulher.

O casal de donos do hotel tratava de tudo. Havia apenas uma empregada, paga, pelo que Marius percebeu, miseravelmente; empregada essa que fazia as limpezas dos quartos e das casas de banho e que, nos dias marcados, bem espaçados, diga-se, trocava os lençóis e refazia as camas. Tudo no hotel era poupado — a cor dos detergentes, por exemplo, com que a empregada fazia as limpezas, estava bem longe de ser a cor original dos produtos. Era uma cor que havia sido ocupada pela transparência da água, e os vestígios que guardava da sua cor original, um ténue castanho, um ténue esverdeado, só denunciavam mais a avareza que transformara provavelmente um único litro de produto de limpeza em sete ou oito.

Não se poderia dizer que o hotel estivesse sujo, porque definitivamente não estava — essa era até uma preocupação constante, a limpeza —, e as duas discussões a que Marius assistiu, que chegavam a passar por insultos de Raffaela à pobre da empregada, deviam-se à detecção por parte da dona do hotel de alguma falta de higiene. A limpeza era, pois, uma das obsessões de Raffaela, mas esta deveria ser alcançada com o mínimo de meios, pelo menos com o mínimo de meios que implicassem despesas — basicamente a limpeza era à custa do esforço físico. O que uma pequena quantidade de detergente faria em poucos segundos era feito em muitos minutos pela empregada, com esforço.

Pese embora alguns pormenores deste tipo causarem repulsa a Marius, era evidente que a presença de Hanna quebrara naquele casal uma série de rotinas, e Hanna era tratada principescamente — de doces a refrescos, tudo lhe ofereciam; o mais pequeno desejo dela era rapidamente atendido. Tratavam-na como tratariam uma pessoa importante — o director de uma instituição, o familiar mais velho e mais respeitado da família — enfim, era evidente uma agitação — que noutro contexto seria classificada como de subserviente — em redor de Hanna.

Naturalmente, numa dessas noites, expliquei ao casal que não era o pai de Hanna, e contei como a havia encontrado e o que estava a tentar fazer para identificar o pai.

Falei-lhes de Vitrius, o D. Quixote, antiquário, mas eles pareceram não o conhecer. Estavam disponíveis para ajudar, mas objectivamente nada poderiam fazer — e a vida deles era também outra, era aquele hotel.

— Reparei que o hotel não tem nome — disse eu a Moebius, num momento mais descontraído.

— Não, não tem — respondeu-me ele —, é mesmo assim.

Numa das noites, depois de jantar — normalmente jantávamos ali, era o mais prático — percebi finalmente a organização do hotel.

Já uma ou duas vezes manifestara a minha perplexidade, e Moebius nesse dia chamou-me ao escritório, um compartimento que normalmente estava fechado e a que só o casal tinha acesso. Aí, com a porta fechada, Moebius abriu uma gaveta e tirou de lá algo enrolado que depois foi desenrolando em cima da mesa. Era um mapa. A princípio não identifiquei nem sequer a geografia geral, mas rapidamente percebi ser a Europa, e depois, a pouco e pouco, os pequenos pontos assinalados e as palavras que os acompanhavam ficaram claros. Era um mapa onde estavam marcados os locais dos campos de concentração nazis.

— Estão aqui todos os Campos — disse Moebius.

— E agora — continuou ele — olhe, por favor, para a

planta do hotel. E virou o tronco e o rosto para a planta do hotel que estava afixada na parede do escritório e que era idêntica à que eu vira pela primeira vez, perplexo e assustado, no dia de chegada, atrás do balcão de recepção.

A planta do hotel era, mais milímetro, menos milímetro, uma cópia da estrutura geométrica formada pelos pontos que no mapa assinalavam os Campos. E exactamente na mesma posição relativa de cada Campo estava o quarto com o mesmo nome. Percebi finalmente a organização dos quartos. Não havia qualquer referência à ordem alfabética, nem qualquer relação com o tamanho ou com o número de camas no seu interior — a relação era uma relação geográfica: o quarto de nome Arbeitsdorf estava entre Bergen--Belsen e Ravensbrück, um pouco metido para dentro, tal como se podia ver no mapa dos Campos. O hotel era reduzido, é certo, minúsculo, uma miniatura, mas era, em termos proporcionais, a cópia exacta da geografia dos campos de concentração.

— Foi feito de raiz — disse Moebius, falando do hotel — por um arquitecto nosso amigo, judeu.

— Veja — disse-me Moebius, enquanto num papel vegetal que colocara por cima do mapa assinalava os pontos onde estava cada Campo —, se unirmos com uma linha cada um destes pontos, onde se encontrava um Campo, obteremos uma forma geométrica.

E ele, com um traço não rigoroso, por vezes até tremido (era visível, apesar de tudo, embora ele o tentasse disfarçar, uma certa emoção), uniu os vários pontos.

— Vê — disse ele, levantando a cabeça e fixando-me —, obtemos uma forma geométrica. Sabe que esta forma geométrica tem um nome? Não tinha, mas nós demos-lhe um nome, esta forma precisava. Como era possível não dar nome a isto? Não é um quadrado, nem uma circunferência,

*94*

enfim, não é nenhuma forma geométrica reconhecível, mas isso não é razão para ficarmos mudos, não lhe parece? Pois bem, eu e a minha mulher demos um nome a esta forma geométrica negra, deixe-me classificá-la assim. E era o nome que daríamos ao hotel, se lhe tivéssemos posto um nome. Sabe qual é o nome desta forma geométrica? Quer mesmo saber?

# VI

## A VISITA SÚBITA

# 1

# Nova visita a Vitrius

Voltámos a visitar Vitrius. Já tinham passado dias suficientes e pensei que ele já pudesse ter novidades para nós. Na verdade, a loja estava fechada, batemos várias vezes à porta, mas nada, ninguém abriu. E não se ouvia qualquer ruído. Depois de um pequeno passeio, a recuperar da subida e da descida, regressámos ao hotel.

No dia seguinte voltei sozinho. Hanna ficou — Raffaela trataria dela com todo o cuidado, estava descansado quanto a isso.

A subida até ao quarto andar foi, como sempre, uma prova física. Tinha de facto vertigens; objectivamente era uma doença ou fraqueza ou algo de semelhante, e aquilo — a consciência clara de que sofria de vertigens — fora mais uma descoberta que deveria colocar na lista de dívidas a Vitrius. Não sendo médico, apenas pela localização da sua loja, D. Quixote, sem uma palavra, conseguira diagnosticar-me uma doença.

Apesar de tudo, subir sozinho era bem mais fácil. Sem Hanna poderia encostar-me à parede; não havia mais nada senão o meu corpo, e tal dava uma clara sensação de alívio; porém o facto de não ter alguém ao meu lado com que me preocupar, Hanna neste caso, causava-me, ao mesmo tempo, uma certa estranheza, um incómodo paradoxal.

Nos primeiros degraus do último piso, a luz que vinha de cima já me mostrava claramente que, ao contrário do que sucedera na véspera, naquele dia o esforço seria recompensado: ANTIGUIDADES VITRIUS já brilhava: a loja estava aberta, Vitrius estava em casa; e vê-lo ali, em pé, a alguns metros da porta, a dizer-me com um sorriso para entrar, foi uma das melhores sensações daqueles últimos tempos. A vontade absurda naquele momento foi a de, como uma criança, pateticamente, lhe chamar *papá*, e estava certo de que, se o tivesse feito, o velho D. Quixote teria compreendido e ter-me-ia recebido não como um filho, claro, mas como alguém que, embora forte, está a fugir e não tem mais nenhum lugar onde se consiga sentir tão bem como aquele.

— Excessivamente alta, a sua loja — disse eu, ainda a arfar. Vitrius a sorrir respondeu qualquer coisa, mas eu estava demasiado cansado e não percebi. Sentei-me, como da outra vez, a recuperar, enquanto o D. Quixote, como uma pessoa que espera alguém bem mais lento, esperava por mim, fingindo — para que eu não me sentisse mal ou observado — entreter-se em pequenas mudanças da posição de alguns daqueles objectos: relíquias que faziam de mim, homem bem maduro — para alguns certamente alguém que começava já a ser velho —, ali, naquela sala, a mais jovem existência. Como em tempos sucedera, quando em criança sem ser convidado me infiltrava nas festas dos adultos, pensei, enquanto passava os olhos por Vitrius

e por alguns dos objectos que me cercavam: Estou rodeado de velhos — e, tal como na infância, esse pensamento
fez-me sentir mais forte do que aquilo que me rodeava e
logo a seguir mais fraco, bem mais fraco.

# 2

# A tarefa da família (herança)

Vitrius não tinha muitas novidades para mim. De facto, e tal constituiu uma desilusão, tornou-se-me evidente que ele não se interessara pelo problema.

Estivera fora dois dias, e tinha apenas a referência do dono de um ferro-velho, um velho amigo dele, que sabia, segundo Vitrius disse, tudo sobre a origem de todos os objectos metálicos do mundo. Ele próprio ainda ia pesquisar mais, acrescentou.

Apesar da desilusão, passei de novo a tarde toda com Vitrius. Era provavelmente a última vez que o via. Para mim estava a chegar o momento de sair daquela cidade.

Ele mesmo percebeu que poderíamos estar a passar a última tarde juntos — e tentava também aproveitá-la. Era evidente que a minha companhia lhe agradava.

Uma única pessoa subiu à loja naquela tarde. Vitrius não a despachou, fez o seu trabalho bem feito — o homem saiu com duas peças, pagou logo. Vitrius despediu-se dele, era um cliente que por vezes passava por ali — mas rapidamente veio ter comigo e sentou-se ao meu lado. Estávamos na oficina, no meio de ferramentas e de trabalhos em curso, e Vitrius tirara de uma prateleira um dos vários dossiers que ali estavam e preparava-se para me explicar o que era aquilo quando foi interrompido pela chegada do cliente. Agora, feito o negócio, e de novo a sós, retomava a explicação.

— É uma das poucas coisas que o meu pai me deixou — disse Vitrius, e a sua emoção revelava que talvez estivesse pela primeira vez a mostrar aquilo a alguém.

O que era aquilo? Bem, era simples: eram números, números, números, números. Um olhar mais atento revelava de imediato que era uma sequência de números — uma sequência de números pares. Na primeira página, que já havíamos virado, numa folha claramente de idade provecta, já muito amarelada, estava escrito, com uma letra firme, uma data (ainda de outro século); era o início, digamos, dos trabalhos, um início quase infantil:

2, 4, 6, 8

— Foi o meu bisavô que começou isto. Tornou-se uma tradição de família. Passou para o meu avô, depois para o meu pai, agora para mim.

Folheei um maço enorme de folhas. Ali estava:

157668, 157670, 157672, 157674, 157676, 157678, 157680, 157682, 157684, 157686, 157688, 157690, 157692, 157694, 157696, 157698, 157700, 157702, 157704, 157706, 157708, 157710, 157712, 157714, 157716, 157718, 157720, 157722...

— O que é isto? — perguntei.

— Em parte é a minha salvação — disse Vitrius a rir-se —, mas se quiser pode considerá-lo um passatempo.

Esse é o primeiro volume, explicou depois, a parte final já foi escrita pelo meu avô. Aliás, diga-se que quem começou isto, o meu bisavô, foi o que menos fez. De longe o mais preguiçoso, murmurou, rindo-se.

De quando em quando, não perturbando a série interminável, de lado, surgia uma data. A cada dia, antes de se continuar a série, colocavam a data na margem. Assim era fácil de verificar, como explicou Vitrius, os dias mais produtivos, os menos produtivos e os dias em que não se trabalhara — onde é que andou esta gente nestes dias?, pergunto-me eu, disse Vitrius, divertido. Explicou depois que ele próprio estava longe de fazer o seu trabalho todos os dias; nalguns dias não conseguia, noutros esquecia-se, noutros simplesmente não tinha vontade, no entanto, mais tarde ou mais cedo, voltava a pegar naquilo — é como um colar de família, veja a questão assim, que se vai construindo, geração após geração, e que agora atingiu já uma dimensão considerável.

Vitrius fez-me olhar para a prateleira de onde tinha saído este primeiro dossier. Estavam lá mais seis. Cada dossier tinha centenas e centenas de páginas não numeradas — não era preciso — a própria série não deixaria qualquer confusão acerca da ordem de uma determinada página.

Vitrius tirou um outro dossier.

— Sabe em que data o meu avô morreu?

Vitrius procurava naquele dossier uma certa página. Encontrou-a.

Mostrou-ma

9345678676, 9345678678, 9345678680, 9345678682, 9345678684

e na linha logo abaixo deste número, provocando em mim e no próprio papel uma ruptura estranha, brusca, quase violenta, eis que aparecia, no reino dos números, um nome. O nome do avô, disse-me Vitrius — nome já escrito pelo punho do pai, tendo ainda à frente do nome uma data — a data em que o meu avô morreu, disse Vitrius; a série era retomada logo na linha a seguir exactamente no ponto onde fora interrompida

9345678686, 9345678688, 9345678690, 9345678692,

e no início deste recomeço, de lado, uma data — a mesma data da morte do meu avô, disse Vitrius. O meu pai retomou a série no mesmo dia em que o meu avô morreu, explicou.

Depois houve um silêncio e Vitrius continuou: eu só retomei oito dias depois da morte do meu pai; confesso que não consegui pensar nisto, não me lembrei, ou lembrei-me, e no dia e nos dias seguintes achei que não fazia sentido, que era uma parvoíce. Sabia bem onde os dossiers estavam, não foi essa a questão. Foi mesmo a tentativa de encontrar um sentido para isto. Essa semana entre a morte do meu pai e o meu recomeço foi essencial; era absurdo não continuar, consegue perceber? Tratou-se simplesmente disto: não havia uma única razão para eu não continuar, seria um egoísmo. A única razão para parar é aquela que vai surgir daqui a uns anos, e é a mais natural de todas. Não tenho filhos, não vou ter, está muito fora dos meus projectos como deve calcular e, segundo vários indícios e indicações, sou um ser mortal — portanto a coisa acabará por si, naturalmente.

— Confesso — disse-me ele enquanto abria o dossier actual, que se distinguia pela diferença na cor do papel —, confesso que sinto curiosidade em saber qual o último número, onde é que acabará. Escrevo sempre a pensar que estou a meio da tarefa, sempre a meio e, portanto, que o último número que escrevi nesse dia não será mesmo o último, mas é impossível saber.

Veja, por exemplo — disse Vitrius, e abriu a última página escrita do dossier —, hoje já fiz o meu trabalho.

E sim, era um facto: na página anterior estava a data desse dia, depois, os números que eram já enormes; em termos de tamanho já ultrapassavam claramente a largura da página, continuando assim para as linhas seguintes. Louco, pensei, absolutamente louco

1000023407865666420098223000092888877113699 8744450646318, 10000234078656664200982230000928 888771136998744450646320, 100002340786566642009 822300009288887711369987444506463 22

— Umas vezes faço muito — continuou Vitrius —, outros dias pouco, depende. Mas é raro deixar um dia em branco... Não se espante comigo e não me considere louco — disse Vitrius, que percebera o meu olhar. — Isto é, aliás, o contrário de ser louco. Era o que dizia...

Mas não chegou a acrescentar nada, calou-se. Eu olhava, entretanto, para aqueles números, agora monstruosos, afastados, quanto a mim, da compreensão racional: tratava-se já de outra coisa, de uma numeração não humana, de algo que não conseguia ver; como se os números, a partir de certa ordem de grandeza, se tornassem para mim, precisamente, invisíveis. Eram tão grandes que não os conseguia ver. Porque se os conseguisse ver fisiologicamente, como naquele momento eu via aquele número monstruoso,

1000023407865666420098223000092888877113699 8744450646322

Não os poderia compreender, assimilar, e, portanto, a visão que eu tinha daquele número, naquele momento, era uma visão periférica e artificial. Isso mesmo, pensei: artificial, não natural, não humana, uma coisa que já não era para mim

1000023407865666420098223000092888877113699 8744450646322

Olhei para Vitrius, tentando uma explicação, talvez mesmo procurando uma ajuda, mas nele o que vi foi a fixação do olhar numa parede que me colocou como que fora do diálogo. Como se eu estivesse a querer perceber algo que era impossível perceber: um assunto de família, de sangue.

— Não há qualquer objectivo numa corrida de resistência — disse Vitrius, de súbito, como se tivesse finalmente encontrado a frase. Isto é uma corrida de resistência. Trata-se de resistir — insistiu —, não há mais nada.

# 3

## Continuar

Vitrius explicara-me a atenção que havia sido exigida ao seu avô, ao seu pai e, agora, a si próprio, para que não existisse um único engano no registo dos números, para que a série seguisse, sem qualquer sobressalto, a sua ordem, para que uma qualquer falha humana não fizesse descarrilar aquele comboio — como Vitrius lhe chamava — físico e mental; para que, por exemplo, de um número terminado no algarismo 4 não se passasse para um número terminado em 8 — que atenção era necessária! Sabe — havia-me dito Vitrius —, é claro que não conferi os números para trás, um a um, mas por vezes, como se fosse um jogo, como para os surpreender, abro, ao acaso, um dos dossiers antigos e nunca vi um erro, nunca o número seguinte era outra coisa que não o que deveria ser — não vi uma única falha, consegue perceber isto? O importante, no momento em que continuo a série, é não pensar em mais nada; atenção absoluta, mais nada existe, uma pequena deriva do pensamento e acabou — aparece um erro. Mas não há erros, como lhe disse, há várias gerações que não há erros. Eu apenas continuei, com o mesmo rigor; como naquelas casas antigas de família — disse Vitrius —, em que os herdeiros fazem questão de manter certos hábitos, e de exigir certos gestos de delicadeza dos novos empregados; é um pouco a mesma coisa, trata-se de ser um herdeiro à altura — exclamou Vitrius, rindo-se. — E foi a melhor das protecções que o meu avô e o meu pai tiveram — acho que sobreviveram ao mundo por causa disto. Por vezes penso mesmo que uma bomba ou um tiro, dos muitos que andaram por aí nas diferentes épocas, não lhes acertaram porque eles estavam concentrados nisto, neste trabalho. Trata-se, sei que não vai entender... mas é um trabalho religioso — trata-se de sair do século, e de sair de uma forma bem concreta, sair com método; não se trata de uma fuga, desajeitada, em que, com a agitação, se deixam cair coisas pelo caminho, algumas delas fundamentais. Não é uma fuga, é sair do século, calmamente, com elegância, sem sofreguidão, abrindo uma porta e fechando-a, depois, quase sem ruído. Repare, disse-me ele. Diga-me uma data importante deste século, um acontecimento fundamental, diga-me lá um.

Eu sorri, tentei lembrar-me... Ele não me deixou prosseguir mentalmente o meu percurso, continuou. — Por exemplo, o dia em que mataram o arquiduque Franz Ferdinand, 28 de Junho de 1914. Deu origem à Primeira Guerra Mundial. Data importante, não?

Vitrius depois calou-se, tirou um dossier da prateleira e começou à procura. Encontrou.

— Quer ver? — perguntou-me. — Veja aqui de lado a data. Um pouco atrás — e voltou uma página atrás — 27 de Junho de 1914. Agora aqui — cá está — 28 de Junho de 1914, data em que o arquiduque Franz Ferdinand foi morto. Eis o que está aqui:

456311233456678, 456311233456680, 456311233
4566 82, 456311233456684, 456311233456686

— Outra data. Diga-me?... Por exemplo, a invasão da
Polónia pelos Nazis, 1º de Setembro de 1939. Data impor-
tante, não? Vamos encontrá-la.
Ali estava, noutro dossier. De lado, a data — 1º de
Setembro de 1939. Depois, os números:

63447900346668273222219764,63447900346668273
22219766,63447900346668273222219768,63447900346
6827322219770,63447900346668273222219772

— A noite dos cristais, as sinagogas incendiadas. 9 de
Novembro de 1938. Quer ver?
De novo encontrou, mostrou a data, de lado, e depois
os números:

273554790537665321076,27355479053766532
1078...

— Vê, meu caro? Tudo em ordem. Não se trata de
fugir, de não querer saber. Trata-se de manter uma direcção. Uma direcção individual. E só por isso resistimos. E
por isso estou aqui. E já lhe mostrei que, no mesmo dia em
que o meu avô morreu, o meu pai retomou a série. Não se
trata de indiferença ou de falta de ligação com o exterior
— trata-se simplesmente de continuar, apenas continuar.

# 4

# O olho

E lembrei-me disto. Conhecia-o bem, ele teria nessa altura três anos, o filho de um amigo, mas o que o vi fazer surpreendeu-me e de certa maneira alertou-me. À medida que, com um enorme prazer, comia cada pedaço de uma torrada, o miúdo exibia a parte que restava do pão e, depois de um olhar rápido, dizia o nome da coisa que aquele bocado lhe lembrava: primeiro um carro; depois, mais uma dentada: e é um golfinho; depois parece uma carroça etc. etc. O interessante é que cada dentada não era pensada — o miúdo não procurava construir uma forma com os dentes; primeiro comia — eis o importante — e depois observava o que ficava e tentava dar um nome como que para se tranquilizar — a massa do pão sem forma regressava ao mundo através do nome que ele lhe dava. Não eram os dentes, mas o seu impressionante (para a idade) poder de observação que criava objectos ou coisas do mundo real. Depois, o que de certa maneira assustava era assistir ao modo desprendido

*111*

como de novo ele atirava os dentes àquela forma com nome, fazendo nome e forma desaparecerem de um segundo para o outro sem indícios de qualquer nostalgia — com três anos havia que avançar, e nada mais. A sua boca ia devorando aquilo a que os olhos tentavam dar forma e a sensação de tremor que aos poucos eu fui sentindo (e talvez, quem sabe, também os outros dois adultos presentes na sala) vinha da compreensão de que tudo, para ele — para aquele miúdo —, era alimento, não havia o menor instinto de conservação das formas, mesmo das que ele com o seu olhar havia criado. Cada forma do mundo que o seu apetite destruía era substituída por outra, no entanto, inevitavelmente, o bocado de pão ia ficando cada vez mais pequeno, e o último despojo, dada a sua forma circular, por ele apelidado de OLHO (e na verdade, observando atentamente, era um olho que ali estava, com a íris que parecia de cor castanha e a pupila por onde se juraria entrar uma luz qualquer), esse olho, esse admirável olho, poucos milésimos de segundo levou a ser engolido.

O vazio que se seguiu foi estranho. O miúdo já não tinha nada na mão: havia dado nome a múltiplas coisas e depois tinha-as feito desaparecer; e no final simplesmente não havia nada — nem material, nem sequer um comentário, uma palavra, nada; o miúdo cansou-se da brincadeira ou simplesmente deixou de ter apetite, e os homens na sala, entre os quais eu, como se nada de relevante se tivesse passado, recomeçaram então a falar dos assuntos preocupantes do mundo.

Mas eu nunca mais me esqueci desse olho.

# 5

## Regresso ao hotel

No regresso, numa das ruas, colado a grande altura na parede do meu lado direito, dei com um cartaz, que identifiquei rapidamente. Era sem dúvida da família Stamm. Também tinham passado por ali os esforços de desactivação dos hábitos mentais, utilizando a expressão que Fried Stamm havia repetido.

Era um cartaz extremamente bem feito, imediatamente atractivo. Seria quase impossível alguém passar por aquela rua e não parar, mesmo que por uns segundos, em frente àquela imagem e àquelas palavras.

Entrei finalmente ao fim da tarde no hotel. Raffaela estava à minha espera. Assustei-me.

— Onde é que ela está?

— Está com o meu marido, não se preocupe.

Naquele momento, como que aterrei — tinha estado horas demais com Vitrius —, era muito tempo para Hanna.

Raffaela disse:

— Enquanto você esteve fora passou por aqui um fotógrafo. Perguntou por si... Queria fotografar a menina, disse que você tinha autorizado. Mas nós não deixámos. Fiquei sem reacção. Não sabia o que havia de dizer.

— Se quer que lhe diga, não gostei dele... — murmurou ainda Raffaela já de costas para mim. — ... Ele disse que depois voltava a passar.

# VII

## O Pesadelo

# 1

## Um pesadelo

Numa dessas noites tive um pesadelo. É difícil dizer exactamente quantas pessoas eram. Entre quinze a vinte crianças com trissomia 21. Tinham sido avisadas repetidamente para não irem para aquele sítio. Uma interdição que subitamente quebraram, entrando naquela pequena parte do terreno, afastando alguns frutos já podres e começando, cada um com a sua pá, a cavar.

Os seus gestos eram vigorosos, acertados. Quem os via — e eu estava a vê-los, de onde não sei —, quem os visse, então, ficaria admirado com o facto de aqueles rostos estranhos, quase idênticos, terem, afinal, atrás de si, na sua base, um corpo capaz de movimentos tão exactos.

Em menos de meia hora o buraco começou a ganhar forma. Com pás e enxadas, o grupo de meninos e meninas com trissomia 21, deixando soltar alguns pequenos gritos de contentamento, ia retirando terra a um ritmo invulgar. Lembro-me de ter pensado que era incrível eles terem tido força para quebrar a primeira barreira de cimento, a que cobria o espaço que há muitos anos lhes fora interdito, mas recordo-me de, logo a seguir, ter também pensado que, mesmo assim, naquelas condições, com os indícios de que tudo se passava num sonho, não seria possível eles quebrarem a barreira de solo em cimento e, portanto, tentei convencer-me de que não, de que era simplesmente terra o que eles haviam primeiro quebrado.

O facto é que, de repente, no buraco — que abriam com os seus movimentos absolutamente vigorosos — era já visível o pináculo, uma cruz, e pouco tempo depois vinha à superfície a cúpula de uma igreja, de onde partia, a princípio, uma luz ténue.

Eles continuaram a escavar como se tivessem pouco tempo para revelar o que estava prestes a ser revelado — e os seus rostos pareciam não denotar qualquer esforço. Havia uma pressa em todos aqueles movimentos e a sensação era de que tentavam fazer tudo antes de serem descobertos.

A terra continuou a sair em quantidades gigantescas e, à medida que a igreja se ia revelando aos meus olhos e principalmente aos olhos do grupo — eu continuava a observar, escondido, sem dizer nada, com uma expectativa enorme —, o dia ia perdendo parte da sua força e, ao mesmo tempo que ia escurecendo, a luz que vinha do interior da igreja ia ganhando, com uma sincronização rara, a força que a luz do sol deixava escapar.

Os meninos com trissomia 21 — estava sempre a ver a cara deles, o sorriso — pareciam eufóricos. A igreja estava praticamente já toda à vista. Vários montes de terra mostravam a invulgar dimensão do trabalho feito por aquele grupo. Lembro-me de pensar que tal quantidade de trabalho, tal quantidade de esforço ininterrupto, só tinha sido possível devido, por um lado, à expectativa que durante anos eles tinham criado em relação àquele espaço e, por outro, a um certo medo de que a qualquer momento fossem descobertos antes de poderem contemplar o que estavam a desenterrar.

A noite, entretanto, chegara em definitivo e a escuridão exterior permitia que a luz vinda da igreja ganhasse uma dimensão central. A igreja estava finalmente toda à vista e dali vinha uma beleza estranha — como se aquilo alcançasse um patamar que envolvia não apenas os olhos, mas uma necessidade de esforço da inteligência.

A igreja teria — desde a sua base até à cruz, que fora o primeiro elemento a ser desenterrado — uma altura talvez de trinta metros e um diâmetro de 7,8 metros — e essas eram então as dimensões extraordinárias do buraco que o grupo havia aberto em poucas horas.

O brilho da fachada exterior da igreja e a luz constante que vinha do interior levaram a que o grupo, como qualquer grupo de crianças entusiasmado com uma descoberta daquela dimensão, descesse, com maior ou menor dificuldade, até lá abaixo — uns acotovelando-se para tocar numa estatueta mais atractiva, outros encostando a sua cabeça ao vidro e espreitando lá para dentro, outros, ainda, rodeando o edifício à procura de uma outra porta de entrada, nas traseiras.

E, antecedido por uma música meio encantadora vinda do interior do edifício — o que aumentou ainda a curiosidade e a excitação das crianças —, foi então que, de súbito — e nesse momento terei sentido que não era mais suportável continuar como espectador e aí terei acordado —, foi aí, então, que se ouviu um enorme ruído, um ruído monstruoso, inqualificável, um ruído que parecia vir de algo informe, a que jamais poderíamos dar nome; e esse ruído era já o ruído da terra, que rodeava a cova, a cair; como se, de repente, uma inclinação daquele espaço conduzisse toda a terra amontoada para aquele centro. E em poucos segundos tudo terminou: o brutal ruído da terra a voltar para o local de onde fora retirada confundia-se com uma ou outra voz — por vezes gritando, por vezes parecendo rir. A igreja foi assim engolida de novo. E aí, então, deixei de ouvir, em definitivo, a voz dos meninos.

# VIII

## No Hotel, em Volta do Hotel, Perdidos no Hotel

# 1

## Os hóspedes

Nada havia de estranho na clientela do hotel, que por aqueles dias estava longe de se encontrar cheio.

Sendo o hotel constituído por um único piso térreo, os quartos espalhavam-se pelas mais variadas direcções, submetidos, na sua posição, à lógica que Moebius me explicara no seu escritório. A orientação não era nada fácil, dados os vários corredores e alguns pilares que apenas atrapalhavam e, se não fossem as indicações nos cruzamentos, na parede, com setas indicando o nome dos quartos e a sua direcção, a indecisão sobre o caminho mais directo para cada quarto instalar-se-ia por completo.

Por vezes, cruzávamo-nos com um ou outro hóspede: um casal jovem, discreto, que não sorria muito — excepto para Hanna —, e dois homens de negócios, já de meia--idade, que avançavam pelos corredores como quem individualmente está sob o domínio de um outro tempo, que não o nosso, parecendo obedecer a leis privadas, incompreensíveis aos olhos dos outros.

*123*

Havia ainda uma hóspede de menos de trinta anos, solitária. Ao pequeno-almoço, esta mulher comia e bebia sem levantar por um momento os olhos do livro e Marius pensava no que ela realmente estaria a ingerir, pois havia ali, sem dúvida, uma confusão de estímulos, uma contaminação; daí a sensação de que aquela mulher não podia ser de companhia agradável, pois quem a observava, nessas manhãs ao pequeno-almoço, notava que a sua indiferença relativamente ao que comia parecia colocar os alimentos na categoria de elementos artificiais, e tal atitude — face ao que permitia, antes de mais, a existência — era vista como inaceitável pelo casal Raffaela e Moebius. Várias exclamações, nada lisonjeiras, relativamente àquela mulher, haviam sido ouvidas por Marius, de uma forma que este considerou até indelicada.

De resto, todo o hotel era sóbrio, sem qualquer sinal de pobreza ou de riqueza: tratava-se de uma neutralidade quase sussurrante, onde móveis e decoração pareciam existir apenas para cumprir uma missão específica e para pedir, delicadamente, silêncio aos hóspedes. Estes como que obedeciam a um pedido que formalmente não existia. Todos se deslocavam respeitosamente pelo espaço e as conversas mantinham-se sempre num tom médio, educado — e a única excepção era precisamente Hanna que, por vezes, sem se controlar, dizia uma palavra ou uma pequena frase quase em tom de grito, sendo também os seus movimentos e gestos claramente os que produziam um efeito mais forte.

Tal como acontecera por todo o lado por onde tínhamos passado, não houve, apesar disso, um único olhar de desagrado. E até a mulher dos livros, a única vez que deixou que o seu rosto se tornasse visível, que subisse como que à superfície, foi em resposta, sorridente, a um gritinho desnecessário que Hanna deixara escapar. O hóspede mais intrigante era de longe o Velho, como lhe chamava Raffaela. O Velho era assim chamado por motivos evidentes — teria certamente mais de setenta anos — e ainda porque era o hóspede mais antigo. E esta antiguidade não era a de alguém que regressa, com regularidade, ao mesmo hotel.

O Velho, como me disse Raffaela, vivia no hotel há doze anos, isto é, praticamente desde a sua abertura. A primeira vez que entrou cá, contou-me Raffaela, veio por indicação de alguém, e sabia já com alguma exactidão como o hotel estava organizado. Pediu logo o quarto *Terezin*. Dessa primeira vez, por azar, o quarto estava ocupado por três dias. O Velho, disse Raffaela, reservou uma semana e pediu logo à entrada para mudar para o *Terezin* quando o outro hóspede de lá saísse. Assim aconteceu. Ficou quatro dias nesse quarto e depois fez as suas contas e saiu. Voltou passados dois meses. Nessa altura o quarto que ele queria estava livre. Reservou o quarto por duas semanas. Ao fim dessas duas semanas, pagou, e reservou mais uma. Ao fim de mês e meio, propôs-nos alugar permanentemente o quarto *Terezin*. Acertámos um preço diferente. Ele paga de duas em duas semanas. E está aqui há muito — disse Raffaela. — O *Terezin* é dele.

# 2

## Perdidos no hotel

O que saltava à vista no hotel era, como já disse, uma certa avareza por parte do casal, que se tornava apenas mais evidente ao fim de dois ou três dias. O pequeno-almoço, estando incluído no preço, era simples, sendo que cada pessoa se servia à vontade, o que transmitia no início uma sensação enganadora. De facto, era a própria Raffaela que ia fornecendo a mesa de onde os hóspedes retiravam o pão, o leite etc. — e, como tal, esta era permanentemente uma mesa de vestígios, onde estava apenas um pão, ou nenhum, um fundo de leite no jarro, e um resto de manteiga e de café. O que se estranhou no primeiro dia percebeu-se, ao segundo dia, que constituía a política de serviço do hotel. Raffaela só trazia mais alimentos quando já não havia nada; só trazia mais pão — três, quatro, de cada vez, para uns sete hóspedes presentes na sala de refeições — quando o cesto de pães estava completamente vazio. Isto fazia com que, por diversas vezes, existisse um intervalo de tempo entre o cesto vazio e o momento em que Raffaela chegava lá de dentro, da cozinha (ela passava a manhã entre a cozinha e a sala de refeições) detectando essa falta, murmurando, é preciso mais pão, saindo de novo da sala, voltando à cozinha e regressando, depois, pela porta, rodeada por um olhar sôfrego dos hóspedes que fixavam o cesto recém-chegado como se fixassem os olhos na mão do carteiro que entre os dedos traz a mensagem que os salvará. Estes intervalos — em que por vezes não existia pão ou leite na mesa e em que alguns hóspedes se mantinham de pé, à espera, com o prato ou o copo na mão, enquanto outros, com mais pudor, se mantinham sentados —, este tempo de intervalo, dizia, tinha como efeito, a partir do segundo, terceiro dia, infiltrar nos hóspedes uma espécie de resignação que fazia com que muitas vezes — e isso aconteceu comigo e com Hanna —, por falta de paciência para esperar por mais pão, abandonássemos a sala de refeições tendo objectivamente comido muito pouco, mas, por estranho que parecesse, saíamos com a sensação de que tínhamos comido o suficiente — e assim, em pouco tempo, habituámo-nos àquele regime.

Um pormenor apenas, que demonstrava os hábitos de Raffaela — o processo de renovação dos guardanapos. No primeiro dia tivemos a sensação de que havia sempre guardanapos na mesa onde todos se serviam, mas que estes estavam sempre a terminar — nunca vimos mais do que dois ou três guardanapos pousados sobre a embalagem que os continha. Ao segundo e ao terceiro dia é que percebemos que Raffaela mantinha sempre o mesmo invólucro da embalagem, trazendo lá de dentro, quando os guardanapos acabavam, de cada vez, dois ou três apenas. Estes indícios de avareza, diga-se, foram, no meu caso e de Hanna, amplamente suplantados por uma generosidade que ao longo dos dias foi aumentando, principalmente em relação a Hanna. A quantidade de guloseimas que lhe ofereceram ao longo daqueles dias foi enorme, mostrando que, de certa maneira, aqueles indícios de uma certa mesquinhez se deviam, no fundo, a uma espécie de hábitos individuais e antigos, de que eu nunca quis saber a origem e a que já não se dá qualquer atenção (e que, por isso, não se tem a percepção de que podem chocar os outros).

Existiu, no entanto, um momento em que aqueles hábitos rigorosos e austeros me provocaram uma ira que só a muito custo acalmou.

Na noite em que estivemos até tarde com Vitrius, o antiquário, eu e Hanna chegámos já depois das onze da noite ao hotel e, como era habitual, as luzes dos corredores dos quartos estavam desligadas centralmente, sendo que a única luz eléctrica que se mantinha ligada a partir dessa hora era a da recepção, onde, como sempre, estava Raffaela. Nós éramos, então, habitualmente conduzidos pelos vestígios a cada passo mais ténues dessa luz da entrada (que dava a sensação de um dedo que, em tempos, nos apontou o caminho e que, aos poucos, à medida que avançamos, é por nós esquecido) e só mesmo com esse fundo de luz os hóspedes poderiam chegar aos seus quartos.

Por falta de à-vontade (tínhamos chegado há pouco tempo), e por ter tido a percepção — que se revelou errada — de que não precisaria de ajuda para encontrar o quarto, avancei, depois de um Boa-noite de despedidas, à frente de Hanna, afastando-me a cada passo da luz e a cada passo entrando numa escuridão que de forma alguma era completa, mas que como tal era sentida nos primeiros metros. Terei, provavelmente, logo no início, entrado pelo corredor errado; o certo é que no lado direito onde pensava estar escrito o nome do nosso quarto, AUSCHWITZ, estava Dachau. Reparei depois por outros pormenores que claramente não estava no corredor que dava acesso ao nosso quarto. Mantendo a mão esquerda apertando firmemente a mão de Hanna, continuei por um corredor que me era estranho e que dava acesso a outros quartos. A certa altura, apesar da escuridão quase total, havia uma pequena luminosidade ou, mais especificamente, um brilho que vinha não das placas de metal onde se inscreviam os nomes dos quartos, mas exclusivamente das próprias letras dos nomes que, feitas de metal mais brilhante, eram, naqueles momentos, os únicos pontos de claridade. Avançávamos assim entre uma neblina escura que parecia cobrir os nossos pés e minúsculas fontes de luz que Hanna disse mais tarde parecerem desenhos bonitos e organizados. A certa altura comecei a assustar-me verdadeiramente pois tornou-se evidente a minha falta de orientação. Para além dos nomes dos quartos não havia qualquer referência e naquele momento tínhamos do lado direito o quarto Hinzert, e Breitenau do lado esquerdo. Ao mesmo tempo que crescia em mim uma irritação que aumentava o descontrolo, tentava transmitir tranquilidade a Hanna, dizendo, em tom neutro: parece que estamos perdidos. Hanna surpreendeu-me por completo porque, durante aquele tempo em que procurámos, absolutamente perdidos, o nosso quarto, não disse uma palavra e manteve-se calmíssima, como se estivesse a usufruir de um mero passeio nocturno.

A certa altura, no meio da escuridão, brilhavam à minha esquerda as letras T, E, R — era *Terezin* — e lá de dentro, do quarto do Velho (pensei nele naquele momento curvado na secretária), vinha uma música muito suave, com um nível de volume tal que só poderia ser escutado por alguém nas precisas condições em que estávamos naquele momento: a um metro da porta do *Terezin* e no mais completo silêncio. A música que vinha do quarto era quase encantatória, e a um pequeno toque de Hanna eu reagi instintivamente, parando por ali. Teremos ficado assim uns segundos, fascinados — eu a pensar no Velho, a imaginar o rosto do Velho, de um velho que já vivia ali há anos e, apesar disso, manifestava um impressionante respeito pelos outros hóspedes. E ali estava eu, então, a escutar uma música a um tal volume que quase me sentia tentado a rodear com a mão a minha orelha, como que a dirigi-la de forma a que os vestígios do som não se perdessem. Foram instantes em que tanto eu como Hanna ficámos absorvidos. Eu esquecera por completo a ira em relação àquele hábito avaro de desligar as luzes, e muito longe estava já a ansiedade por não encontrar o nosso quarto — estávamos a escutar, simplesmente, como quem, de modo imprevisto, entra numa sala a meio de um concerto convincente. Que música era aquela? Não tive tempo para concluir nada, pois subitamente ela parou. E aí, sim, instalou-se um silêncio que, e não há outra palavra, me aterrorizou. Aquele silêncio súbito, sem aviso, funcionou como um choque para o qual o meu organismo já não estava preparado, pois de certa maneira, sem ter disso consciência, a música baixara as minhas defesas. Sentia que o meu corpo fora apanhado desprevenido e, passou-me pela cabeça, estupidamente, que aquele acto do velho *Terezin* fora propositado — para nos assustar; um acto repugnante, lembro-me de pensar; mas logo a seguir, sem me dar tempo de reagir ou de tomar qualquer decisão, a música recomeçou e, de novo, a pouco e pouco, os músculos como que à vez pediram licença para relaxar. Só que agora eu não o permitia, e a mesma música — era claramente a mesma música — era agora escutada de maneira completamente diferente — eu abandonara a posição de ouvinte de um concerto e estava já com uma atenção vigilante. Puxei Hanna e continuámos a avançar, pois — percebi-o, mais tarde, a reflectir sobre estes momentos —, à segunda vez, a música estava a criar pânico, uma grande ansiedade face à ideia de que, de novo, sem qualquer razão aparente, a música seria, mais uma vez, suspensa.

Avançámos então e, permanecendo desorientado, decidi seguir os pequenos pedaços do hotel que aqui e ali a luz da recepção deixava ver. Regressámos, pois, ao ponto de partida, à recepção. Raffaela já lá não estava. Teria certamente ido dormir, todos os hóspedes haviam já entrado. Havia um silêncio absoluto e apenas se escutava a respiração de Hanna, já cansada, uma respiração agora mais ofegante — estava a perceber algo, e a ficar assustada. No meio daquele silêncio, chamei o mais baixinho possível por Raffaela. E esse foi um momento estranho. Precisava de chamar alguém, mas exigia a mim próprio o silêncio que todos os outros hóspedes respeitosamente cumpriam. Duas vezes então como que gritei em murmúrio (não há outra forma de o descrever) o nome de Raffaela. Senti-me a gritar porque estava a atingir um certo limite a partir do qual se tem medo, um claro medo, mas, ao mesmo tempo, em termos objectivos, o volume da minha voz era mínimo. De qualquer forma, nada. Ninguém. Ela já não estava por ali.

Concentrei-me e para mim ficou evidente naquele momento que estava com uma menina com trissomia 21 a meu cargo, e que a deveria levar, em segurança, para o quarto do hotel onde iríamos dormir. Estava dentro do hotel, não havia qualquer perigo — repetia para mim próprio.

Não tinha minimamente na cabeça a posição espacial relativa dos diferentes campos de concentração, o que permitiria a partir de um quarto localizar, pelo menos em termos de orientação geral, o nosso — e portanto a tarefa agora era a de simplesmente me concentrar nas pequenas particularidades de um ou outro móvel que me recordava existir nas proximidades do nosso quarto e, passo a passo, sem enganos, irmos então direitos, depois, às nossas camas para dormir! — porque estávamos cansados — eu e Hanna — e aquilo bastava. Passara até já todos os limites. E naquela altura a irritação dirigia-se não tanto à falta de luz, mas à minha falta de habilidade para me orientar.

Avançámos então de novo para a zona dos quartos, e agora parecia-me ter entrado pelo corredor certo. Andámos uns passos.

Apesar daquela interrupção luminosa, que o regresso às proximidades da recepção provocara, sentia, nesta segunda vez, que os meus olhos estavam a adaptar-se mais rapidamente ao novo meio. As letras de cada quarto eram agora apanhadas, como um animal que é caçado, com grande agilidade, pois eram os únicos pontos de orientação — as letras, não as poderíamos perder. Do nosso lado direito o quarto Westerbork, avançámos um pouco, e de novo do nosso lado direito outra porta: Neuengamme. Não estávamos perto do nosso quarto.

Naquele momento, senti uma vergonha enorme, via-me já a bater à porta de um dos outros hóspedes, do *Terezin*, se o conseguisse encontrar de novo, e via-me a perguntar ao Velho o caminho para o meu quarto, assumindo por completo o ridículo. Estávamos já outra vez perdidos e eu decidi que, a partir dali, para não transmitir mais insegurança a Hanna, avançaria sempre, procurando não manifestar qualquer indecisão, como se soubesse já o caminho certo e estivéssemos a andar muito apenas por o caminho ser longo. Passámos pela segunda vez pelo *Terezin*. Nem quis saber se a música se mantinha ou não e puxei ao de leve Hanna. Virei naquele instante para outro corredor. Começava a ficar aterrado. Imaginei-nos, de súbito, a dormir nos corredores. Pensei como seríamos ridiculariza-

dos. Sentia a cara vermelhíssima; se houvesse luz suficiente, ver-se-ia o meu rosto corado de vergonha. No nosso
lado esquerdo o Treblinka, depois o Majdanek, depois, do
lado direito, o Belzec. As minhas pernas tremiam, mas ali
estava finalmente algo, uns metros à frente, do nosso lado
direito, um A brilhava — o que me pareceu um A enorme,
um A gigantesco, e depois um U, um S, o Witz do final.
Auschwitz. Senti uma descarga no corpo, como se uma
energia agressiva subitamente tivesse caído para que eu a
pudesse sacudir. Era uma enorme sensação de alívio; uma
alegria. Apetecia-me dar um pequeno urro de contentamento, mas mantive a concentração até ao fim; controlei-
-me, aproximei a chave da fechadura, rodei-a, e abri a
porta do quarto para Hanna entrar. Chegámos, disse.

# 3

## As costas

O à-vontade que se havia gerado entre nós e os donos do hotel levou a um episódio insólito de um certo despudor que desde que ali entrara jamais poderia imaginar que pudesse ocorrer.

Numa noite, enquanto Raffaela brincava com Hanna, que começava já a mostrar alguns sinais de cansaço, Moebius pediu-me para o seguir pois queria mostrar-me algo. Entrámos assim, de novo, no escritório onde ele me havia explicado a estrutura arquitectónica e geométrica do hotel. Nem sequer tive tempo para olhar de novo para os mapas que cobriam as paredes, pois Moebius, murmurando apenas *Queria mostrar-lhe isto*, começou a desapertar um a um os botões da camisa.

Nesses momentos tudo me passou pela cabeça — e, por segundos, vi-me como que caído numa armadilha. Pensei de imediato que algo estava a acontecer com Hanna e que aquele homem tão seco, tão sóbrio, pretendia de mim qualquer coisa que me surpreenderia por completo. Rapidamente, no entanto, acalmei. Num gesto súbito, Moebius levantou a camisola interior e, virando-se, mostrou-me as suas costas que à primeira vista estavam completamente riscadas, parecendo gatafunhos feitos por crianças. Como um muro vandalizado, as costas tinham a sua superfície totalmente preenchida por tinta.

Moebius começou a explicar-me, e já tranquilo aproximei-me para tentar perceber melhor o que era aquilo — o que é que estava escrito (lembro-me de pensar precisamente assim) naquele muro humano.

A proximidade tornou, então, claro que não estava perante uma vandalização desorganizada de uma parte do corpo de Moebius, mas, pelo contrário, perante uma série de palavras e não apenas em alfabeto romano; palavras que eram afinal — explicou-me Moebius no momento em que também descobria por mim próprio — não propriamente palavras, no plural, mas, sim, uma única palavra, repetida, em dezenas e dezenas de línguas: a palavra "judeu".

Não me explicou por que razão me mostrava aquilo, mas explicou-me a origem.

No peito não havia uma única letra, tudo estava concentrado nas costas. Eram tatuagens.

Nem depois de morrer isto vai sair — disse Moebius, entre a ironia e uma qualquer convicção estranha e desajustada.

As suas costas, como disse antes, a uma certa distância, pareciam um emaranhado de traços indefinidos com uma única função: ocultar a superfície da pele. O facto de, depois de me aproximar, aqueles traços aparentemente desconexos — traços que pareciam desenhos — se mostrarem como eram realmente — traços ordenados que constituíam, na maior parte dos casos, letras bem conhecidas — foi uma surpresa semelhante à que se tem quando, de entre um conjunto de rostos informes e desconhecidos numa multidão, subitamente, um rosto se destaca — e só aí percebemos que aquele rosto não é apenas um rosto já nosso conhecido, mas sim o rosto do nosso pai. E tal como nesta situação nos veríamos tentados a perguntar: o que fazes aqui, no meio destes desconhecidos?, também eu, naquele primeiro instante em que a palavra *judeu* me apareceu clara em quatro ou cinco línguas, senti a necessidade, que contive, de perguntar: o que faz aqui esta palavra?

A origem de tudo aquilo tinha mais de quinze anos, como me explicou Moebius.

A certa altura, na cidade onde ele e Raffaela viviam, já depois de casados, apareceram, num intervalo de três semanas, três judeus assassinados. O assassino desses três homens, como de vários outros que se seguiram, nunca foi identificado.

Ainda deve andar por aí — disse Moebius, com um sorriso estranho.

A característica comum das vítimas era, então, a de serem judeus — facto que, dado o ambiente da época (Moebius utilizou nessa altura a extraordinária expressão *dado o oxigénio da época*), não era por completo surpreendente, podendo encontrar-se mais de dez razões *intelectualmente compreensíveis*, disse o próprio Moebius, *para alguém nos querer matar*. As vítimas eram todas do sexo masculino — e a característica incomum destes assassinatos em série era a de o assassino, numa contagem macabra, numerar as vítimas, marcando-as com um número nas costas. Tal facto tomou tanta relevância que quando um judeu assassinado apareceu com o 6 marcado, de alto a baixo, nas costas, a semana seguinte foi praticamente preenchida com a procura, por parte da polícia, da vítima número 5 — pois essa ainda não aparecera. Esta contagem terrífica, sem qualquer salto, terminou no número 12 — e foram encontradas então as 12 vítimas — mas aquela loucura criminosa, tal como havia começado, subitamente parou. E desde aí — e tal ocorrera há cerca, então, de quinze anos — nada mais sucedera, embora o assassino nunca tivesse sido capturado. Moebius levantava a hipótese de o assassino ter morrido, por qualquer razão exterior a estes acontecimentos; ou então alguém ou algo esteve atento e parou-o, mesmo fora dos olhares gerais — disse Moebius. E levantava essa hipótese porque lhe parecia completamente improvável que alguém, tendo começado uma contagem destas, revelando essa obsessão, pudesse, de um dia para o outro, abandonar esta espécie de projecto negro. Portanto, para Moebius, o assassino daqueles doze judeus estaria certamente morto.

Mas tinha sido essa, então, a origem do que eu agora observava com pormenor. A princípio começara por uma espécie de orgulho *de raça*, como o próprio Moebius disse. Nas semanas em que muitos tentavam ao máximo disfarçar a sua origem judia, Moebius, pelo contrário, exibia-a em todos os momentos e sítios possíveis, e foi ele próprio que, por esses dias, pediu à mulher que lhe tatuasse pela primeira vez a palavra JUDEU. A esta primeira inscrição seguiram-se, quase naturalmente, disse Moebius, as outras. A pouco e pouco as suas costas foram sendo preenchidas por aquela palavra, em todas as línguas.

Junto à omoplata direita, disse Moebius, encontra a palavra *judeu* em alfabeto cirílico. Junto à coluna vertebral, no topo, a palavra em…

Enfim, estava — lembro-me de pensar — perante um dicionário em todas as línguas do mundo, mas dicionário de um único vocábulo. Dicionário que era ainda, simultaneamente, um mapa anatómico e geográfico. É que, de facto, a obsessão pela localização e orientação dos diferentes pontos era ostensiva, mostrando que, anos antes de o casal ter feito o hotel, a fixação cartográfica já existia. Observando atentamente as costas pude então reparar que poderíamos acompanhar a localização dos diferentes países no mapa, fazendo ali, na pele de Moebius, exactamente o mesmo trajecto da visão, tendo o nome de cada país sido ocupado pela palavra *judeu* escrita na língua falada nesse ponto do mundo. Naquela noite, estava também de certa maneira fascinado com o espectáculo que o próprio corpo de Moebius me proporcionava: corpo seco, sem qualquer gordura e que, por isso mesmo, facilitava a visão das suas costas como um mapa, uma superfície plana; quase dando a sensação de ser uma superfície de duas dimensões, superfície de escrita como uma folha.

O que começara com um objectivo foi, a pouco e pouco, ganhando, como ele explicou, uma outra dimensão, uma dimensão quase mítica. A verdade é que ele sentia que essas palavras se transformavam no que eu primeiro vira nelas — uma mancha de tinta que não deixara visível um centímetro de pele. Era um escudo que o protegia, que o tornava, sentia ele, invulnerável.

As vítimas, disse Moebius, eram todas da área onde eles os dois viviam — uma vítima fora mesmo um amigo próximo, e portanto ele, Moebius, estava naturalmente na mira, no caminho do assassino. Alguma coisa, disse Moebius, impediu que eu tivesse sido uma das vítimas. E Moebius acreditava que aquilo que naquele momento de rara e estranha intimidade me mostrava era a causa, em última análise, da sua sobrevivência.

É evidente que tal explicação não era baseada num raciocínio lógico, pois o assassino não poderia saber, como o próprio Moebius reconheceu, que as suas costas estavam, por assim dizer, utilizando a ironia, *já ocupadas*. A sensação de que aquela palavra o havia protegido era pois algo que ultrapassava as razões acessíveis à inteligência e ao pensamento. Ele mesmo disse que se sentia portador de um segredo que os outros nunca poderiam descobrir ou entender.

# IX

## Procurar uma Planta

# 1

## O olho vermelho

De repente, está aquele homem a mandar-nos parar como se fôssemos seus funcionários. Paramos. O que se passa?, pergunto. O homem aproxima-se, e esta aproximação permite que os seus olhos sejam vistos por mim. O olho esquerdo estava vermelho como se aquela parte do corpo — lembro-me de pensar — tivesse sido assassinada. Porém, estava claramente em pleno funcionamento — um olho apresentando um vermelho ostensivo, mas que não parece atrapalhar o homem; por entre aquele sangue que se espalhou pelos dois lados da pupila, uma rede de aranha, eis que há um olho atento, preciso, que parece fazer da exactidão com que nos olha um instrumento de impiedade. Como se eu e Hanna fôssemos os culpados daquele olho assim.

Na mão direita ele traz uma mala que transporta com algum esforço; esforço esse que procura, a cada momento, numa atitude quase infantil, disfarçar.

*143*

— Gostava de vos mostrar uma coisa — disse-nos. E, embora as palavras o pudessem indiciar, o homem nada tinha para nos vender.

O que trazia na mão era uma pequena arca frigorífica. Pousou-a no chão do passeio e, parecendo alguém que se prepara para mostrar diferentes tipos de gravata, abriu a arca e acompanhou o nosso susto com as palavras que, explicando, tentavam acalmar:

— É uma *marta*. É um animal raro.

— Morto — terá murmurado Hanna.

Estava morto, cercado por inúmeras pedras de gelo, pedras onde o homem mexia como se elas rodeassem não o cadáver de um pequeno bicho, mas uma bebida que se pretendia manter fria.

— É um animal muito raro — repetiu. — Queria entregá-lo a alguém, para tratarem dele. Para o embalsamarem ou algo assim. Não se atira um animal raro para o lixo — disse. — Mesmo que morto.

— Posso fechar? — perguntou.

Respondemos que sim.

Era um animal branco, com uma cauda longa. E ali, no meio do gelo, a contaminação de tons desmaiados — o branco do animal, o branco do gelo — transmitia-nos uma sensação excessivamente desagradável.

Explicou-nos que andava há vários dias de um lado para o outro com a pequena arca frigorífica. Que ninguém queria ficar com o animal — dizendo isto como se falasse de um animal vivo que fora abandonado.

— Fui ao Museu de História Natural e disseram-me que não tinham pessoal específico para tratar de casos destes. Depois fui à Sociedade Protectora dos Animais e também não o aceitaram.

— Se apenas se protege os animais enquanto estão vivos — disse-nos o homem —, comete-se um erro.
Acenei com a cabeça, embora o discurso me parecesse cada vez mais absurdo.
— Temos de proteger os animais mortos, exibir os animais mortos, e só assim defendemos o resto.
— Sim — respondi.
— Veja o meu olho — disse o homem, subitamente, e, com dois dedos — o polegar e o indicador da mão esquerda —, puxou a pele do rosto de maneira a que o seu olho ficasse completamente exposto, numa espécie de despudor localizado, mas que não deixava de ser despudor. Um exibicionismo que manifestava talvez um erotismo desviado, algo assim. O seu olho esquerdo estava bem mais vermelho do que o direito, mas em ambos, o sangue, talvez vindo do interior — de uma manifestação interna, portanto —, exibia-se de um modo que chegava a enojar.
De repente ele perguntou:
— Querem ficar com o animal?
Respondi que não. Que não tínhamos possibilidades de cuidar de um animal morto.
Ele disse que nos deixava a arca frigorífica.
— Têm apenas que renovar o gelo de tempos a tempos. Se mudarem o gelo de seis em seis horas o animal conserva-se sem problemas.


A arca frigorífica estava fechada e pousada no chão. Hanna insistiu para a levarmos e deu um abraço ao homem, como costumava dar. Por vezes, bastavam uns segundos para Hanna dizer que gostava de uma pessoa e para a abraçar. Eu disse que não. Ela insistiu. O homem — era louco

— continuava a afastar a pele acima da sobrancelha e abaixo do olho, mostrando o enorme olho vermelho.

— Não quer tirar uma fotografia ao meu olho — perguntou-me.

# 2

# Uma fotografia

Foi o homem do olho vermelho quem nos alertou.
Fixada por cima de um prédio estava uma enorme
fotografia. Olhámos lá para cima. A fotografia teria de
altura talvez dez metros e de largura uns seis metros. Era a
fotografia de um rosto em grande plano.
— Conhece aquela cara? — perguntou-me o homem.
Olhei lá para cima atentamente, acompanhando a
direcção da cabeça dele.
A fotografia — reconheci-o — era de Goering.
O homem, com a cabeça virada para cima na direcção
do topo do edifício, observava a fotografia mantendo a
pressão dos dedos e o olho muito aberto, como se estivesse
a pegar numa lupa invisível. A imagem do homem, de
cabeça inclinada para cima, a olhar como que por entre os
dedos com aquele olho vermelhíssimo, ao mesmo tempo
que quase dava vontade de rir, transmitia uma particular
sensação de incómodo.
Em relação ao cartaz — não havia qualquer palavra,

*147*

qualquer slogan, qualquer desenho ou símbolo: era simplesmente o rosto de Goering, em enormíssimas proporções, ali, no topo de um dos edifícios mais significativos do centro da cidade. Quem o pusera ali? Como é que haviam dado autorização?

Pensei na família Stamm, mas os cartazes deles estavam longe de serem próximos daquilo. Não tinha a sua marca gráfica e, além do mais, pelo menos à primeira vista, não faria sentido. Não acompanhava os objectivos e, ponto decisivo, aquilo, aquela enorme fotografia, era demasiado dispendiosa.

— É Goering? — perguntei.

O homem ficou durante uns segundos calado, com os dedos a forçar para que a pálpebra se mantivesse aberta.

— É Goering, sim.

O homem estava morto há muitos anos. Fora julgado e fuzilado na altura própria. O que queriam com aquilo?

— Estão loucos — disse, em voz baixa, o homem do olho vermelho que, subitamente, como se tivesse medo que alguém a roubasse, pegara de novo, com a mão direita, na pequena arca frigorífica. — Estão loucos — repetiu.

# 3

## Procurando uma planta

Convidou-nos para ir a sua casa, queria mostrar-nos as suas obras. Apresentou-se. Era um artista. Passou-me um cartão para a mão. Não consegui ler. O cartão tinha uma mancha, e uma linha no seu centro, mas nem uma letra. O que eu via era um pequeno cartão todo branco com uma pequeníssima e fina linha preta no meio.

— É o meu nome que está aí escrito: Agam Josh.

O homem explicou-me, apontando para a linha preta, como se estivesse a ler o nome:

_____

Agam Josh — Artista

E depois disse, rindo-se: Pode não se ver, mas a palavra *artista* tem um A grande.

Não disse nada, passei o cartão a Hanna — ele explicou-me:

— As letras são tão minúsculas que parecem uma linha, as manchas pretas uniram-se e os espaços em branco desapareceram. As letras parecem não existir. Quando se diminui de tamanho, disse Agam, as diferenças desaparecem — a diferença entre um A e um B torna-se absolutamente ridícula a esta escala, e com a fraca capacidade que têm os nossos olhos. As letras estão com um tamanho de 0,001 milímetro — assim, a olho nu, parecem não existir. O alfabeto, nesta dimensão, transforma-se numa única letra, num único símbolo; num símbolo, além de tudo, vazio, que nada significa; a tinta volta a ser tinta, regressa ao ponto de onde partiu e assim julgamos que não está a acontecer nada e afinal pode estar ali escrito algo de essencial. Letras que só se conseguem distinguir com um microscópio. Ou seja, caro amigo, só tem acesso ao meu nome quem lhe prestar muita atenção. Só quem fixar o olho durante muito tempo nesta linha.

Chegámos.
Contou-nos que um amigo tinha um olho com uma tal perícia que os dois faziam, por vezes, desde há muitos anos, o jogo do gato e do rato: ele escrevia uma frase naquele tamanho e o amigo de olho de águia, assim o descreveu Agam, sem qualquer aparelho de auxílio, à sua frente, concentrava-se e tentava tirar daquilo, que todos viam como uma linha, uma frase.
Mostrou-nos um papel

———————

— Linha, murmurou Hanna.
Agam esclareceu que não.

— Consegue ler esta frase?
Olhei com toda a atenção para a linha.

———————————

— Não consigo distinguir nenhuma letra — respondi.
— Pois esse meu amigo concentra-se uns minutos e diz-me a frase. Acerta nas vírgulas, nas letras maiúsculas, em todos os pormenores.

Filho único, Agam, trabalhava no rés-do-chão de uma casa cujo primeiro andar tinha dois quartos — um onde dormia a mãe, e outro dele. O pai fora morto na guerra. Hanna ouvira a palavra *pai*. Sentiu-se pela sua reacção. Agam sorriu, olhou para mim.
— Estamos à procura do pai de Hanna — disse eu.
Agam não prestou qualquer atenção.
— Pinto, desenho, faço esculturas e invento objectos estranhos disse ele. — Faço obras minúsculas — explicou--nos. — No máximo têm um décimo de um milímetro; sabe o que é um décimo de um milímetro?
— A sua cabeça talvez saiba, mas o seu olho não — murmurou ainda Agam.
Entrámos no atelier dele. Um compartimento único, espaçoso, mas praticamente vazio, arrumadíssimo. Lembro-me de pensar que ele tinha ali espaço para fazer obras de tamanho normal.
No centro do atelier, que parecia um deserto, com tão poucos objectos que se contavam à mão, estava uma mesa com dois enormes microscópios, uns utensílios que não identifiquei, e umas pequenas manchas de material que seriam, então, os seus trabalhos, mas que, num primeiro

olhar, pareciam ser restos de sujidade, vestígios de um qualquer outro trabalho de maior dimensão.

Pareciam gotas de tinta ou pequenas lascas de madeira que haviam saltado, e as dimensões desses pontos eram tão minúsculas que mesmo a trinta centímetros Marius não conseguia distinguir de que material eram feitos.

Quer espreitar, perguntou-me Agam. Eu acenei que sim com a cabeça, mas não fiz qualquer movimento nesse sentido. Ainda estava na fase de tentar perceber o espaço. Olhei em volta.

Agam estava manifestamente contente por ter companhia. Pousara a arca frigorífica junto a uma das paredes.

— Antes de ver isso, dê-me lá a folha que lhe passei há pouco para as mãos.

Dei-lhe a folha e ele colocou-a debaixo de um dos microscópios.

— Despeçam-se da linha — disse-nos.

E incitou-nos a espreitar de novo para o papel antes de enfiarmos o olho no microscópio.

Olhei uma última vez. Como se fosse realmente uma despedida. Como se alguém estivesse a partir ou como se eu estivesse, lembro-me de pensar absurdamente, à beira de ficar cego.

Era uma linha que continuava linha

---

Aproximei-me do microscópio e olhei pela sua lente. O primeiro choque fez dançar as letras de um lado para o outro, mas de imediato se fixaram e li:

"NÃO DIRIGIR A PALAVRA AO NOSSO PÓ".

Afastei o olho do microscópio, desviei a cabeça e olhei de novo para a folha

Convidei Hanna a olhar. Ela estava curiosa, mas com receio.

— Vale a pena — disse-lhe. E expliquei-lhe depois, lentamente, o processo. — Onde está aquela linha vais ver letras.

Insisti, mas Hanna abanou a cabeça, estava com medo de espreitar.

Agam, com os dedos, abriu de novo o seu olho esquerdo, exibindo aquele vermelhão algo repugnante. E enquanto o mostrava disse:

— Dou razão à menina. Isto não dá saúde nenhuma.

Perguntei-lhe se ele conseguia ler a linha, foram mesmo estas as palavras que eu usei: Consegue ler a linha sem o microscópio?

Claro, respondeu.

— Não consigo escrever a linha sem o microscópio e sem os meus utensílios de pormenor, mas consigo ler, sem qualquer problema. E não levo minutos como o amigo de que lhe falei.

Explicou-nos depois que ficara com um problema no olho: era muito sensível à luz — exclusivamente o seu olho esquerdo, aquele que usava para espreitar pela lente do microscópio enquanto trabalhava. Os dois olhos seguiram caminhos diferentes, disse, é como se tivessem uma biografia completamente distinta embora pertençam ao mesmo homem — e Agam disse isto sorrindo. Cada um tem os seus problemas — e riu-se de novo —, o olho esquerdo, forcei-o de tal maneira que consigo com ele ver pormenores minúsculos inimagináveis, mas a luz e os grandes espaços fazem-me impressão. Não propriamente a mim, mas ao meu olho esquerdo. Para ver cartazes como aquele... — que loucura, não?, murmurou, aludindo ao enorme cartaz que havíamos visto no topo do prédio — o que se está a passar? Bem, continuou, mas o meu olho direito foi para outro lado, se assim me posso exprimir, passou por outros acontecimentos. De uma forma clara: não viu o que o outro viu. São dois olhos irmãos, mas dos que quase não se reconhecem, que não guardam semelhanças entre si. Sabe como às vezes penso que deveria chamar aos meus olhos? Abel e Caim, dois irmãos bem diferentes, tão diferentes que acabarão por se odiar e por se matar um ao outro. Os médicos fartaram-se de me aconselhar a usar os dois olhos para espreitar pelo microscópio, principalmente no momento em que fazia os meus trabalhos que exigiam uma perícia de louco. Mas nunca o fiz. Habituei-me a trabalhar com o olho esquerdo. Praticamente só o olho esquerdo olhou por esta lente. Quando o olho direito espreita é quase por recreação, digamos — e riu-se —, como um divertimento. Este olho — agora apontava para o direito e, da mesma forma que fizera com o outro, afastava as pálpebras com os dedos —, vê? (e nesse momento, manifestando alguma grosseria, falava só para mim, estando quase de costas para Hanna)... este olho não tem tanto daquele vermelho que o assustou há pouco. E à menina também, não? (e virou-se). É que este olho — continuou —, o direito, está quase sempre fechado. É terrível o trajecto que fiz com os dois olhos: um passou anos e anos a esforçar-se, este, o esquerdo; o outro passou anos e anos a descansar — e Agam riu-se. — Quando olho pelo microscópio — e exemplificou —, o olho esquerdo mantém-se alerta, e esforça-se para ver o que é muito pequeno, fechando-se assim — e era visível como as suas pálpebras se aproximavam — mas mantendo uma fresta, uma pequena fresta por onde espreita; é como se precisássemos de fechar o olho para conseguir ver melhor. E nem lhe digo a diferença de dioptrias, as diferenças entre os problemas de um e de outro. É o olho direito de um homem e o olho esquerdo de outro — foi isto que me disse um médico. Imagine alguém que vive numa grande cidade, tendo que resolver um conjunto de problemas típicos da grande civilização, e imagine outro homem que viva no extremo oposto do mundo, que viva ainda com os problemas antigos; que um tenha problemas do século xix ou mesmo do século xv e o outro esteja já diante de questões do presente século. Não é possível entendimento, os meus olhos não se entendem. Um tem medo de umas coisas, outro tem medo de outras. O meu olho esquerdo tem medo da luz e é quase incapaz de perceber um grande plano; por exemplo: é doloroso olhar para uma paisagem por este olho — doloroso, mesmo fisicamente, dói-me, tenho de o tapar, de o fechar — sinto um desconforto como se ele estivesse sempre a querer fechar-se um pouco, está sempre nesta posição, vê? — e apontou para o olho —, está sempre a hesitar entre fechar-se ou abrir-se. Daí que quando queira ver algo, num plano mais alargado, tenha que afastar as pálpebras com os dedos. Sem ajuda exterior já não vai lá, explicou. O olho por si já não se abre. Tenho de o forçar com os dedos. Trata-se mesmo de forçar, uma espécie de mau trato, reconheço. Quando faço isto — e lá fez ele de novo (parecia ter um certo prazer naquele movimento de afastar as pálpebras e de exibir o enorme olho vermelho), quando faço isto sinto-me em parte exterior ao olho, sinto-me a praticar uma pequena maldade, como se estivesse a obrigar alguém a olhar para uma coisa que não quer ver, para uma imagem repelente. O meu olho esquerdo só quer ver pormenores, coisas minúsculas, deveria respeitá-lo, de certa forma, se assim me

posso exprimir, mas não consigo. Preciso dos dois olhos
para perceber onde estou. E estava a dizer-lhe — continuou
Agam —, quando estou na rua, quando saio, quando é necessário ver algo lá ao fundo — e como esta expressão para
mim é tão estranha —, aí o meu olho direito entra em acção
e, instintivamente, se não o forçar na direcção contrária, o
meu olho esquerdo fecha-se.

É realmente como se não fossem dois olhos, mas uma
perna e um braço — funções completamente distintas. O
meu olho esquerdo é bom, muito bom mesmo, a ver o
minúsculo. Nesta linha ele vê (e Agam agarrou no papel)

---

a frase
"NÃO DIRIGIR A PALAVRA AO NOSSO PÓ".

Digamos que é um pouco isto — o meu olho esquerdo
está pronto para funcionar bem neste atelier, o meu olho
direito está preparado para o resto da existência lá fora. Só
que enquanto o olho esquerdo é como que sobredotado, vê
realmente coisas incríveis, como já percebeu, o meu olho
direito é normalíssimo; lá fora é como os outros, talvez até
um pouco pior. Só tenho um olho para ver a cidade e é um
olho normal; esta é, portanto, a minha situação existencial,
se assim me posso exprimir — e riu-se. Uma situação algo
desprivilegiada. Tenho a certeza de que quando me viu pela
primeira vez me julgou louco. Pois, como vê, não sou. No
limite, aceitaria que classificassem os meus olhos com uma
qualquer patologia que ultrapassaria as questões físicas e
passaria para um nível onde a terminologia mental seria a
adequada. Ou seja, poderá dizer, aceito-o, que os meus
olhos são, de certa maneira, loucos, que perderam o juízo e,
estando cada um para seu lado a nível de funcionamento,

manifestam uma espécie de esquizofrenia não anatómica mas funcional — como vê, tenho os meus olhos bem paralelos. Pois bem, o meu olho esquerdo serve-me para não ficar louco por causa do mundo e o olho direito para não ficar louco por causa do meu atelier. Este meu olho esquerdo é a minha parte privada, a minha individualidade. No fundo, meu caro — disse-me Agam —, só ainda não me matei porque, ponto 1, a minha mãe não morreu e porque, ponto 2, tenho um olho esquerdo que mais ninguém tem e que fugiu ao mundo, é assim que o sinto. Este olho fugiu ao século, saiu, está noutro ambiente, entrou noutro tempo. É um olho religioso, é por ele que fujo. Você, se quer um conselho, tenha pelo menos uma parte do seu corpo um pouco afastada do mundo, senão não sobreviverá.

Sinto que se abusa da realidade. Alguém parece estar continuamente a trazer pelas linhas de caminho-de-ferro carregamentos gigantescos de realidade, como se esta tivesse mesmo um peso, fosse feita de um material concreto, e alguém, uma instituição de origem e fins desconhecidos, estivesse encarregado de manter os fornecimentos. Confesso que sempre tive um certo receio dos comboios de mercadorias. Ninguém explica o que os comboios transportam. O que sei é que esses comboios de mercadorias não param. Por vezes, tenho pesadelos a pensar o que eles descarregarão no limite final da linha, num sítio qualquer a que os olhos normais não têm acesso. Mas veja — disse subitamente, talvez apercebendo-se de algum incómodo meu e principalmente de Hanna, que já me havia puxado: queria sair dali — mas vejam, disse ele, pela primeira vez desde há muito tempo utilizando o plural, isto é, dando alguma atenção a Hanna, se bem que ligeira, puramente verbal, um M a mais simplesmente, mas um M importante que evitou que eu saísse dali pois eu ouvia-o com curiosidade mas era excessivamente grosseira a pouca atenção que ele dava a Hanna. Talvez ele se tivesse apercebido disso, e ali estava, então, a virar-se para Hanna, a sorrir, a tentar estabelecer contacto, a convidá-la a espreitar. É uma pintura que fiz, disse, não vai acreditar, de uma famosa batalha que envolveu milhares de cavalos e milhares de homens a pé. É esta batalha que pintei aqui — e apontou para um ponto minúsculo da sua mesa de trabalho, ponto que colocou debaixo do microscópio. — Pintei--a de diversas cores — e riu-se. — Veja, espreite por aqui, menina — disse dirigindo-se agora exclusivamente a Hanna —, uma batalha, com milhares de cavalos e homens, em três milímetros. — Hanna sorriu, mas abanou a cabeça; eu, porém, embora cansado, ainda estava curioso e, curvando-me, depois de olhar pela última vez para aquele ponto

.

aproximei o meu olho direito da lente do microscópio.

.

— E veja também isto.
Olhei pelo microscópio. Era uma escultura.
— Um jardim japonês — disse Agam. Olhei para o ponto a olho nu.

.

E de novo pelo microscópio.
— À sua direita — explicou ele, enquanto eu mantinha o olho a espreitar pela lente —, se procurar bem, tem duas

típicas árvores bonsai — feitas com madeira pura. Do lado esquerdo, verá a escultura de uma pequena flor — uma flor típica japonesa, *azaléia Satsuki*, de cor vermelha. E, no limite do seu lado esquerdo — continuou, como se falasse de uma enorme paisagem e não, objectivamente, de menos de um milímetro de matéria —, no limite do seu lado esquerdo verá um animal, um gato, que alguns põem em garrafas para não crescerem.

O meu olho fez o percurso indicado, parecendo alguém que, de olhos vendados, obedece às indicações PARA A FRENTE, PARA A DIREITA, PARA TRÁS de outro que, sem venda, vê tudo e assim mantém o controlo sobre nós. Era assim, de facto, que me sentia: controlado por Agam, obedecendo às suas ordens — como se ele há muito estivesse a ver o que eu queria encontrar. Ele dirigia-me. E eu tinha, de certa forma, os olhos vendados.

— Um pouco abaixo do animal, do seu lado esquerdo, se baixar ligeiramente o seu foco de visão, verá uma outra planta — *sakura*, flor de cerejeira. Bonita, não?

Sim, encontrei-a: uma bela planta. E o certo é que, embora Hanna não se apercebesse, já há muito que não procurávamos o pai.

# X

## PESO E MÚSICA

# 1

# A importância do peso

Logo depois de saber da visita do fotógrafo eu decidira sair do hotel. A partida nessa altura ainda não estava definida, mas tinha ficado assustado e acelerei o processo.

Tínhamos acabado de fazer as contas com Raffaela junto à entrada quando nos cruzámos com o velho Terezin. Cumprimentou-nos, dirigindo um sorriso franco para Hanna.

— De saída?

Respondi que sim.

Ele esperou por nós no lado de dentro do átrio do hotel. Saímos os três juntos — eu, Hanna e o velho Terezin.

O nevoeiro matinal distraía-nos do exterior. A pouca visibilidade isolava-nos — era como se alguém, num diâmetro de oito metros, nos estivesse a proteger das coisas e da atenção que estas exigem, tapando-as. E esse fenómeno atmosférico vulgar aproximou-nos até fisicamente.

*163*

— Vão para a esquerda? — perguntou — para a estação?

Íamos para o mesmo lado.

Ele tinha setenta anos, talvez mais — a certa altura quando uma idade se afasta muito da nossa essa diferença transforma-se numa outra forma de distância no espaço — tal como se ele então estivesse a muitos metros de mim, eu não o via bem, pelo menos nesse particular, com setenta anos, então, o velho Terezin andava com o vigor de quem tem ainda de completar várias tarefas. Estava em óptima forma. De estatura normal, não tão alto como Moebius; apenas as unhas sujas deixavam transparecer algum desleixo. O rosto magro, o nariz vincado, as sobrancelhas numa luta em que a cor preta ainda não perdera por completo, uma roupa simples; enfim, era um velho que me dava confiança — dele se percebia que conhecera já todas as condições e que, portanto, embora ainda permanecesse com duas ou três vontades firmes, perdera a ânsia sem foco que todos os que ainda não chegaram a um limite possuem. Ele claramente já lá estivera, nesse limite, e voltara. Nada nele se elevava em excesso ou se queria exibir; tudo, pelo contrário, seguia um ritmo estável, começava no início, como o a-b-c; mas o início era por ele determinado de uma forma prática e rápida, saltando, por assim dizer, muitos outros inícios possíveis, inícios anteriores, mais formais. Por exemplo, entre nós, não haviam sido trocados mais do que uns educados cumprimentos durante estes dias, quando nos cruzáramos no hotel, mas nessa manhã, sem qualquer atropelo, sem eu sentir qualquer tipo de intromissão, ele começou a falar num determinado ponto que era já efeito de uma espécie de estudo instintivo. Ele percebera que eu e Hanna de forma alguma o colocaríamos em perigo; percebera que estávamos à procura e esse estado em trânsito, essa posição flutuante que é o estar à procura, produzia uma curiosidade e uma disponibilidade que o velho Terezin detectara em nós. Percebera que o meu estado geral, o meu tónus, era o da expectativa — estava disponível para ver e ouvir. Em poucos minutos falávamos à vontade ou, mais especificamente, ele falava, como se, durante aqueles dias de permanência no hotel, tivéssemos estado sempre juntos, em constante convívio.

Terezin começou por elogiar o pouco peso que transportávamos.

— Há povos que demoram séculos a entender isso — disse ele, e depois riu como se tivesse acabado de contar uma anedota.

Hanna riu também — quase sempre respondia aos risos dos outros com uma gargalhada. O velho Terezin olhou simpaticamente para ela.

Apresentámo-nos — ele disse o nome, que não cheguei a fixar pois de imediato ele acrescentou que, no hotel, Raffaela o chamava por Terezin, o velho Terezin, e que ele não se importava. — Pode chamar-me assim, disse.

Explicou depois como era fundamental aquela questão do peso.

Eu levava a mochila às costas com as minhas coisas essenciais e com os objectos de Hanna, incluindo a pequena caixa com os exercícios para pessoas com deficiência mental. Hanna nada levava.

— Não conheceram o meu quarto — disse o velho Terezin —, quando voltarem convido-vos para irem lá. Vão ver — murmurou — como está vazio.

Vou dizer-vos o que existe no meu quarto: um colchão, quatro livros — um deles saberão qual, certamente; e depois ainda uma cadeira, uma mesa de madeira, os lençóis da cama e alguma roupa, pouca. Um outro par de sapatos, além destes — par de sapatos que quase não usei. E tenho depois quatro pequenos objectos — não vos vou dizer quais, peço desculpa; algumas folhas de papel, umas canetas... e está tudo.

Ao longo destes anos, pode parecer estranho — continuou Terezin —, mas o quarto foi perdendo elementos, nada entrou e algumas coisas saíram. Foi perdendo peso, se quiserem. A seguir à minha entrada definitiva aqui — talvez uns dois anos depois — quando já estava claro para os nossos simpáticos hospedeiros que eu iria ficar, que eu não os iria largar — pedi para tirarem do quarto a estrutura da cama. Um gesto inútil, sem dúvida, não está nos meus planos carregar algum dia com a cama. Saiu também mais tralha que para lá estava, tão pouco importante que nem me lembro o que era. Foram saindo coisas, fui despedindo coisas — acrescentou, com um sorriso. — Sabe que, durante muitos anos, antes da guerra, estive num sítio em que, de vez em quando, tinha de mandar alguém embora? Despedir uma pessoa não é fácil, mesmo que seja a pessoa que mais detestemos no mundo; pô-la na rua mexe com as emoções até de um tipo como eu e riu-se de novo. — Durante duas décadas talvez tenha despedido, depois de uma conversa em que estava diante do homem a despedir como agora estou diante de si, tive de despedir, dizia, talvez mais de quatro dezenas de homens. Houve um período em que num mês despedimos quinze pessoas. Bem, depois disto, despedir objectos, mandá-los para a rua, fazer com que eles nunca mais se cruzem connosco, é uma tarefa quase de crianças. Sabe que a grande maioria das pessoas que despedi nunca mais as vi?

Ele parou no meio do passeio, e tirou um papel e uma caneta do bolso do casaco.

— Vou dizer-lhe quanto pesa o meu quarto. Já alguma

*166*

vez pensou nisto? — perguntou-me. — O peso de tudo o que está no quarto?

E começou a fazer a lista, dizendo alto o peso que correspondia a cada coisa, e escrevendo no papel:

Colchão — 15 kg
Mesa — 4 kg
Cadeira — 2 kg
4 livros — 2,5 kg
Roupa — 1 kg
Objectos vários — 1,5 kg

e no final escrevera:
Eu — 63 kg
— Primeira regra — disse Terezin —, o peso do que temos no quarto ser menor do que o nosso próprio peso. É uma regra básica. Uma espécie de princípio regulador. Aliás, para mim, estabeleci até o limite: o peso do que está no quarto deve ser menos de metade do meu peso, que se mantém constante há muitos anos. Procuro, aliás — explicou —, manter os dois pesos constantes — o meu peso e o peso das coisas do quarto. Quando esta proporção se altera é porque existe um desequilíbrio qualquer — num lado ou noutro. Este é o meu peso constante 63 kg —, se emagrecer mais é sinal de que algo não está bem, um sinal de doença. Aumentar de peso não me parece — já não é possível para mim. Quanto ao peso das coisas do quarto, este obedece ao mesmo princípio: tento mantê-lo constante desde há alguns anos.

— Não vale a pena grandes rodeios — disse-nos —, no limite é o nosso peso que está em jogo, é ele que temos de carregar para um lado ou para o outro. Quando temos de fugir, podemos ter tempo para pegar num ou noutro objecto, mas tal é raro. A rapidez com que se pega no próprio corpo e se foge de um lugar onde a nossa vida está em risco, esta rapidez depende muito deste trabalho anterior, de esvaziar o espaço que está à nossa volta. Quanto menos peso, em kg mesmo, não há aqui nada de abstracto, repare, não estou a falar de metafísica, acredite, trata-se simplesmente de uma questão material, objectiva, dizia: quanto menos peso tivermos à volta do corpo, mais rápidos fugiremos, mais forte será o nosso instinto de sobrevivência. Claro que numa emergência ninguém quererá carregar objectos consigo, numa emergência cada um tentará fugir o mais rápido possível; a questão é o tempo que demora a decisão de largar todas as coisas. O tempo que demora esta decisão vai ser determinante — uns vão sobreviver, outros não. E o tempo de que falo não é medido em minutos, nem em segundos, trata-se de milésimos de segundo; por vezes sobrevivemos, escapamos do lugar onde estamos, porque decidimos num milésimo de segundo correr dali, correr o mais rápido possível, sem olhar para trás; e esta decisão, a de correr, a de nos afastarmos de um espaço, se demorar mais um milésimo de segundo pode tornar-se fatal. Pego nas minhas coisas ou não? Não! No fim, no limite, a decisão é sempre a mesma: não pegamos em nada, mas para que a decisão seja o mais rápida possível, naqueles milésimos de segundo que nos salvam, são necessários anos e anos de prática desta contabilidade de pesos. Já deve ter percebido que eu corro, antes de tudo o mais.

— Veja — e fez as contas no papel. — Para simplificar, vou chamar a tudo isto COISAS. Está bem assim, agrada-lhe o nome? Pois bem — e fez as contas:

Colchão — 15 kg
Mesa — 4 kg

Cadeira — 2 kg
4 livros — 2,5 kg
Roupa — 1 kg
Objectos vários — 1,5 kg

Total: 26 kg

No total — e escreveu:

Coisas — 26 kg
Eu — 63 kg

— Como vê, é uma boa proporção.
E depois de uma pausa continuou.

— Não coloquei aqui algo — e apontou para as parcelas do peso das coisas — que é determinante, mas que em relação ao peso não é significativo. Estávamos os três parados no passeio. Eu e Hanna virados para o velho Terezin, escutando-o. (Hanna, claro, estaria a pensar noutra coisa qualquer, não estava verdadeiramente a ouvir.)

— É algo admirável — continuou —, já experimentou pesar o dinheiro? Pesar mesmo: colocar umas notas numa balança e pesá-lo. Já experimentou? Pois bem, eu já, e posso informá-lo de que o seu peso é praticamente desprezível. E isso também já percebi há muito. A sua grande utilidade deve-se à sua leveza. A sua leveza impressiona. É, nesse particular, uma invenção, podemos chamar-lhe assim, absolutamente desconcertante. O conjunto de possibilidades que abre em contraponto ao seu peso, tal é de uma desproporção quase irreal. Deixe-me dizer, parece uma invenção não humana. É mesmo isto. Sabe quanto pesa uma das nossas notas mais valiosas? Numa balança normal nem sequer se assinala a presença de alguma coisa. Nada, a balança não mexe. Nada mesmo, é absolutamente espantoso, como se ali não estivesse NADA. Mas está. Uma nota das nossas mais valiosas, uma das que dá para comprar, em comida, bem aproveitada, o quê?, três meses de comida para uma pessoa, quatro meses? Pois bem, uma nota que dá para comprar, deixe-me falar assim, que dá para comprar quatro meses — no fundo, trata-se de comprar tempo, o resto — e sorriu — apesar de tudo não é assim tão importante —, mas dizia-lhe uma nota que dê para quatro meses pesa, já a pesei, uma ninharia, valores que não se vêem. Como lhe disse, uma balança normal, uma balança para o resto dos objectos humanos, não assinala nenhuma presença, como se ali estivesse um fantasma; visível, mas quase sem ocupar espaço. Mais do que isto seria entrarmos em questões religiosas — disse, e riu--se —, mais leve e mais relevante do que isto só aquela outra coisa de que todos falamos; ou que todos tentamos ignorar, mas que é o centro de tudo. Bem vê como tenho razão para dizer que o dinheiro se não é, neste sentido, inumano, pelo menos está na fronteira entre aquilo que os homens podem fazer e aquilo que Deus pode fazer. Provavelmente outra pessoa ficaria chocada com o que eu lhe digo, mas já percebi que, sendo muito novo — e o velho Terezin olhou-me, pela primeira vez, bem nos olhos —, já percebi que já deitou a ingenuidade para o lixo e pelo menos a ela — à ingenuidade — já não a carrega. Por vezes — continuou Terezin — é mesmo isso que eu penso: balanço entre ver o dinheiro como uma invenção diabólica ou divina, e não pelo uso que fazemos dele mas simplesmente pelo seu peso, pela matéria de que é feito. Bem — sorriu Terezin —, mas segundo parece foram os homens que o inventaram.

*170*

E já percebeu que quando usamos a nota mais valiosa e depois recebemos troco, o peso do dinheiro que recebemos é maior embora o seu valor seja obviamente menor? Já pensou atentamente nisso? Deveria pensar, senhor Marius — disse ele, a rir-se.

Terezin retomou a marcha e nós, como se fôssemos meros acompanhantes, seguimo-lo; quanto a mim: eu gostava de ouvir, fora feito para ouvir.

— Têm tempo? — perguntou, parando subitamente numa esquina. Senti que Hanna já estava desconcentrada, mas respondi que sim.

— Gostava de vos mostrar um sítio — disse, enquanto apontava para a rua à nossa esquerda. — Não é longe. Alguns minutos a pé.

Seguimo-lo então, virando à esquerda, afastando-nos por isso da estação de comboios. Apesar de tudo, tínhamos tempo.

— Em si vi logo a marca do pouco peso — disse depois, virando-se para mim. — É um sinal que considero determinante, como calcula. Vi que somos da mesma raça quanto ao peso. Eu diria mesmo que esta é a característica que mais afasta ou aproxima — nós somos da raça dos que levam o mínimo. Veja — e disse apontando para a minha mochila — , se estivessem muito carregados não poderiam agora mudar de percurso. A paisagem altera-se, os cruzamentos deixam de existir, já reparou nisso? Se estivermos carregados, vamos de um ponto ao outro pelo caminho mais curto ou cómodo. Temos um destino. Aí, na nossa cabeça, não existem cruzamentos, avançamos sempre pelo caminho certo, não há qualquer decisão. Mesmo quando viramos à esquerda num cruzamento, não viramos porque mudámos de opinião, viramos porque aquele era o caminho. Fico contente de saber que, para si, pelo contrário, as cidades ainda têm cruzamentos — disse ele, e eu respondi com um sorriso.

Entrámos numa rua menos movimentada e virámos à direita numa esquina — no que pareceu uma súbita passagem para um outro país. De um momento para o outro, o nosso campo visual mudou completamente. As casas terminaram e durante muitos metros avançámos em campo aberto. Lá ao fundo era já visível o que parecia um grande edifício abandonado e era para ali que íamos.

— Vou mostrar-vos um dos antigos arquivos da cidade — disse Terezin.

# 2

## Um passeio com Terezin

No meio de um campo completamente aberto, as ruínas de um edifício.

Marius tremeu; avançavam e, nele, a cada passo, agora em terra firme, sem subirem um único degrau, sem existir nenhum poço, nele surgiu a sensação de vertigem. Isso mesmo, uma vertigem estúpida, desadequada, sentia Marius, uma vertigem horizontal, como se o receio da queda se mantivesse, mas o buraco, a atracção má, viesse lá do fundo, do momento, do preciso dia e hora em que aquele edifício fora inaugurado. Era como se o que ele sentira ao subir uma escada sem protecção — essa angústia provocada pela ausência física, concreta, de um material que se colocasse claramente entre o seu corpo vivo e o seu corpo morto — fosse agora substituído pela sensação de que alguém retirara dali as protecções em relação ao tempo. O medo de cair substituído pelo medo de ser puxado pelo que já não existe, como se aquilo que já não existe

*173*

pudesse exigir a sua presença. Mas, claro, foi uma sensação ténue e breve, que Marius logo ultrapassou.

O velho Terezin ia na frente, e tal, apesar de tudo, transmitia uma estabilidade ao grupo. Marius preocupava-se com Hanna e com os constantes desníveis do solo. O chão estava ocupado por ervas, mas, a uma chamada de atenção de Terezin, Marius observou durante alguns segundos duas pequenas cartolinas que estavam já meio enterradas, enlameadas.

— Fichas do arquivo — explicou Terezin.


Eram folhas de arquivo muito semelhantes, em tamanho e tipo de papel, às fichas que Hanna tinha no momento em que Marius a havia encontrado. Fichas banais, de documentação. Marius debruçou-se sobre uma das fichas, um papel que certamente teria sido designado, em tempos, como documento, algo que deve ser guardado, algo que merece a atenção e o gesto de quem salva — o oposto do lixo. Ali estava, então, a uns centímetros da bota direita de Marius, em grande parte enterrada na lama, uma ficha, unicamente com a sua parte superior direita à vista — como um braço que ainda pede ajuda, que ainda não desistiu, e que procura, com a agitação dos dedos, mostrar que está ali algo que quer continuar no mundo dos homens. Assim também Marius viu aquele pedaço que não se deixara tapar pela terra e pelas ervas — como se tal fosse um acto intencional e não do acaso. Estava ali, estranhamente, um ser híbrido, quase repulsivo.

O que estava à vista — menos de um quarto do tamanho da ficha — tinha, no seu canto superior direito, um número, e esse número era um evidente sinal humano; e debaixo desse número, umas linhas abaixo, eram ainda visíveis algumas letras — não palavras completas, muito menos frases, mas algumas letras: um M, depois um ST juntos, depois, na linha em baixo, um A, outro AN, K — e aquelas letras eram as que restavam, como se tivessem sido feitas de um material mais resistente ou, pensou Marius, como se, no momento em que o funcionário do arquivo escrevera aquela ficha, o seu punho, o seu peso inteiro tivesse caído com mais força numa letra; por isso, Marius olhava para as letras sobreviventes como vestígios de palavras, de frases, mas, mais do que isso, vestígios de uma intenção e de uma vontade.

Marius não teve tempo para pensar no que significava aquele ser híbrido, aquela ficha, mas de facto estava ali algo que depois de um longo olhar lhe parecia um ser novo e ao mesmo tempo bem antigo; e a mistura na mesma matéria de dois tempos muito afastados era uma das particularidades daquele elemento. Para Marius era agora claro que aquele ser, como alguns monstros retratados na Idade Média, tinha a parte de cima humana e a parte de baixo feita de outro material mais antigo, não humano. Um pequeno bicho parou, entretanto, em cima da parte humana da ficha e Marius, já de pé, sorriu com o entusiasmo de Hanna face àquela minúscula invasão. Porém, o velho Terezin chamou-os.

Repetindo os gestos de Terezin, Marius olhou por uma janela onde os vidros já não existiam. Lá dentro, um enorme pavilhão abandonado, praticamente vazio.

— Se olhar para a parede do lado oposto — disse Terezin — verá ainda uma gaveta no chão.

O velho Terezin explicou que durante um ano frequentou aquele arquivo com grande regularidade.

— Investigava na altura — como deve acontecer a

todos quando, algures, entram na idade adulta — a minha família, as minhas origens. Este arquivo — disse Terezin — tinha muita documentação a esse respeito, e quem queria perceber a sua genealogia vinha aqui.

Mas o que Terezin nos queria mostrar era outra coisa. Era um muro, um dos muitos muros que ainda permaneciam de pé; nesse muro estava a pauta de uma música.

— Consegue ler música? — perguntei a Terezin. Ele acenou com a cabeça e disse que aprendera aquela música ali mesmo, em frente àquele muro.

— Alguém deve ter escrito estas notas neste muro há uns sessenta anos — continuou Terezin —, procurei bastante e não encontrei a sua reprodução em nenhum lado. Pode ser de um músico quase desconhecido ou mesmo de um amador, não é particularmente atractiva, aliás — disse Terezin, e cantarolou um pouco as notas que estavam à nossa frente, umas já meio apagadas, outras cobertas em parte ou totalmente por heras que haviam crescido ali no meio; outras notas, ainda, haviam desaparecido, pois o muro, na parte onde estavam os vestígios da música, tinha um fragmento a menos; um pedaço de muro caíra.

— Foi esta música — disse, de súbito, Terezin — que eu assobiei interminavelmente quando estive preso. É de uma grande utilidade, a música — acrescentou, de uma forma seca.

O velho Terezin começou a assobiar, agora do início ao fim, a música, e durante uns segundos Marius sentiu-se constrangido face a um certo ridículo em que caía aquele homem.

Hanna, porém, estava contente ao ouvi-lo, com a cara de quem reconhece algo familiar — e foi a cara dela que despertou Marius: aquela era a música que ele e Hanna haviam escutado, com prazer, primeiro, depois com algum medo, vinda do outro lado da porta do quarto do velho Terezin, na noite em que Marius se desorientara no hotel. Terezin disse depois que, como a degradação invadira aquele muro e muitas das notas já haviam desaparecido (algures, disse o velho, por aqui perto, no meio das ervas ou soterradas por completo, devem estar algumas notas desta música), aquela música, então, se de facto não existisse, como ele desconfiava, reproduzida por completo em mais nenhum lado, estaria perdida para sempre — pois só ele a sabia de cor. Disse-nos depois, logo a seguir, que não, que o que dizia não era certamente verdade, pois na prisão, como tinha dito já, ele não parava de assobiar esta música, sem razão alguma, comentou — é uma música tonta —, mas um guarda, um amigo, se assim se pode dizer, de tanto a ouvir também a começou a cantarolar. Era dez anos mais novo do que eu, disse Terezin, se ainda estiver vivo também se lembrará desta música, tenho a certeza. Mas como vê, continuou, agora virado para Hanna, pois vira nela o entusiasmo ao escutar a música, e aumentando, então, o tom da voz e falando mais lentamente: SÓ DUAS PESSOAS CONHECEM ESTA MÚSICA COMPLETA, e eu expliquei também a Hanna, logo a seguir, resumindo o que Terezin me dissera antes em voz quase de confidente, ESTAS NOTAS, ESTA MÚSICA e apontei para o muro — NÃO ESTÁ EM MAIS NENHUM SÍTIO, SÓ O senhor Terezin e um outro senhor, disse eu, a conhecem. Hanna abanou a cabeça e disse que sim, que sim.

Saímos dali, então, eu caminhando mais atrás, lentamente, e eles os dois, Terezin e Hanna, mais à frente; o velho Terezin, a pedido dela — ela queria aprender — a tentar ensinar-lhe a cantarolar a música.

# 3

## Algumas questões sobre Bem-Estar

Marius lê.
"Algumas questões colocadas relativas ao Bem-Estar Emocional:
— Costumas rir-te?
— Ficas feliz muitas vezes? Quando?
— És vaidoso/a?
— És tão bonito como as outras pessoas?

Algumas questões colocadas relativas às Relações Interpessoais:
— Tens um melhor amigo?
— Tens namorado? Quem?
— Gostas mais de estar em casa ou no Centro de reabilitação?
— Tens amigos fora do Centro?
— Costumas ir às festas de anos?"

# XI

## OUTRO PESADELO

# 1

## Marius

Outro pesadelo.

Vejo o mesmo grupo de adolescentes, com a idade da Hanna (mas a ela não a vi), com catorze, quinze anos, todos com trissomia 21, a deitarem para o fundo de um poço livros em diferentes línguas. Lembro-me perfeitamente de algumas capas, de alguns nomes esquisitos, até de alguns alfabetos absolutamente impenetráveis. As raparigas (a certa altura, pareceram-me todas raparigas, com aquela cara semelhante, com saia verde de um uniforme de colégio), as raparigas mandavam para o poço livros em francês, em italiano, em búlgaro, em russo, em inglês, em alemão — e cada livro que chegava lá a baixo, ao fundo do poço, era recebido com o som de uma água enlameada; e eu — que estranhamente, estava ali, no meio do grupo, a assistir, sem participar, sem fazer nada, aceitando —, eu, então, debruçado sobre o poço, ali estava espantado, era essa a palavra, a ver cada um dos livros primeiro bater com certa força nos pequenos centímetros que ainda restavam

*181*

de água e, depois, segundo a segundo, a desaparecerem, pelo menos em parte, engolidos pela lama.

E lembro-me depois que, por qualquer razão inexplicável, eu próprio senti um salto na narrativa e quase fui tentado a protestar com alguém, mas naquele momento tive de esquecer tudo isso, pois subitamente estava eu mesmo, então, numa queda súbita; tropeçara, o que fora aquilo?, sei que caí com um enorme estrondo no chão e que, ao levantar-me, olhei à volta e estava num mundo habitado unicamente por pessoas com trissomia 21 que me chamavam, simpaticamente, para brincar comigo, para me agarrarem, e só muito tempo depois, quando por acaso me cruzei com um espelho, reparei que eu próprio, com a queda, adquirira as feições típicas de alguém com essa deficiência; e depois falei e vi que o fazia com dificuldade, como se a queda me tivesse roubado a facilidade de linguagem; lembro-me depois de pensar, objectivamente, que alguém me prendera ali, atrás daquele rosto arredondado, mas que eu não era como eles porque poderia pensar nestas coisas todas em que agora estou a pensar, mas depois veio alguém ou empurraram-me, e lembro-me perfeitamente de que naquele momento gostei de algo que aconteceu e até me ri muito — mas não consigo lembrar-me de quê.

# XII

## SETE SÉCULOS XX

# 1

## Os Séculos XX

Foi na manhã em que o velho Terezin nos desviou do caminho previsto até à estação, que ele me contou a história dos sete "Séculos XX". Contou-a quando nos acompanhava já, por delicadeza, à estação de caminhos-de-ferro. Porque nos contou aquele segredo? Era óbvio que simpatizara comigo e confiava em mim, mas quando mais tarde pensei nisto ficou evidente que sem Hanna presente o velho Terezin nada me contaria. Era a presença de Hanna que definitivamente fazia ultrapassar o último obstáculo, era ela que transmitia uma tranquilidade que fazia com que eu, como alguém que simplesmente está ao seu lado, me tivesse transformado num receptor seguro de segredos: porque estava com Hanna, as pessoas confiavam em mim de uma maneira pouco habitual.

O velho Terezin contou então que eles, os judeus, não confiavam em documentos, em papéis, em fotografias, em suma, em nenhum registo concreto, material, palpável.

— Viu aquele arquivo?

E como não confiavam no que se poderá chamar de matéria por mais moderna que fosse a técnica e a segurança que transmitisse a sua conservação, e as sucessivas promessas de imortalidade — haviam regressado, de certa maneira, ao passado, e decidido conservar na memória humana o que teria mesmo de ser defendido, o que nunca deveria ser engolido por qualquer vandalismo — ou dos homens ou dos elementos naturais.

Havia, espalhados pelo mundo, sete homens, sete judeus, que tinham memorizado, sem qualquer falha, toda a História do século xx. Com factos, disse Terezin, com datas concretas, tentando eliminar qualquer interpretação ou julgamento. Esses sete homens — explicou Terezin — memorizaram o mesmo texto; são homens-memória cuja única função — além de tentarem continuar vivos — é a de não esquecer um único dado, uma única linha. Como é evidente, o que memorizaram tem a ver, directa ou indirectamente, com a nossa história particular, a dos Judeus. De alguns anos do século xx — pouco relevantes para a nossa história — eles memorizaram apenas uma ou outra data, enquanto de outros anos memorizaram dados que demoram horas a serem ditos. Memorizaram, como deve calcular, todos os dados, até ao mais pequeno pormenor, sobre o que aconteceu nos campos de concentração. Os sete "Séculos xx" memorizaram a planta dos Campos — são capazes de os desenhar em qualquer altura; memorizaram a localização e as medidas das celas, memorizaram o número de mortos por cidade, por ano e mês, memorizaram os nomes das famílias que desapareceram nesses anos, memorizaram o que alguns sobreviventes relataram por escrito e memorizaram pormenores sórdidos, que escuso de lhe descrever. Têm todo o século xx na cabeça. Deixe-me dizer-lhe que memorizar acontecimentos históricos, apesar de tudo, não é a tarefa de memorização mais difícil. Uma boa memória precisa de uma lógica interna, conseguimos memorizar uma enorme quantidade de dados se, entre eles, estabelecermos uma ligação, se os colocarmos numa espécie de série, em que um elemento existe em relação com os outros, e não isoladamente. Também um dos nossos "Séculos xx", se lhe derem uma data, começará daí para a frente ou para trás, numa sequência imutável que muitas vezes soa semelhante a alguém que diz a tabuada de cor. E a História, como lhe dizia, tem uma lógica de causa-efeito — se sabemos a causa, avançamos e descobrimos o efeito; se sabemos o efeito, recuamos e descobrimos a causa — é esta a base em que a memória deles se apoia. Está tudo articulado. Um facto não existe sozinho. Cada "Século xx" memoriza ainda as informações como uma estrutura, uma arquitectura, onde cada acontecimento ocupa um espaço que faz fronteira com outros espaços e assim sucessivamente. Pode parecer estranho, mas os "Séculos xx" memorizam através de uma distribuição dos acontecimentos numa superfície. E cada um dos sete Séculos xx tem o seu mapa mental; cada um orienta-se, na própria cabeça, de uma maneira diferente — um acontecimento que, na memória de um, deixe-me falar assim, está à esquerda, na memória de outro Século xx pode estar à direita. Agora, se pedirmos para os ouvir, todos seguirão a mesma ordem de factos, acontecimentos e dados. É como se cada um fosse, mentalmente, por um caminho diferente, mas visse exactamente o mesmo. A nós, a todos os outros judeus, não nos interessa conhecer cada mapa da memória de cada um dos Séculos xx, apenas nos interessa o exterior desse percurso interno.

Mas também não pense que é fácil — disse o velho Terezin. — Eu, com algum esforço — por mero divertimento, quase se poderia dizer — memorizei parte do ano de 1939. Mas só uma parte, e muito específica.

E depois, estranhamente, ele começou, num tom absolutamente neutro, dizendo cada palavra no seu sítio, como que mecanizada:

— "1939. A Alemanha assina pactos de não-agressão com a Lituânia, Letónia, Estónia e Eslováquia. Vários outros acordos foram feitos com a Hungria, Bulgária, Jugoslávia e Roménia. 12 de Fevereiro. Hitler propõe aos líderes separatistas eslovacos que declarem a independência da Checoslováquia. 2 de Março. Começo do Pontificado de Pio XII. 14 de Março. A Eslováquia proclama independência. 15 de Março. Os nazis invadem Praga."

Só no assinalar de cada data a sua voz mudava, muito ligeiramente ele fazia uma pequena pausa antes de retomar:

— "23 de Agosto de 1939. Pacto Ribbentrop-Molotov. Tratado de não-agressão entre URSS e Alemanha. Uma semana depois, invasão da Polónia."

Parou, sem qualquer aviso. Disse-me que os sete Séculos XX estavam espalhados pelo mundo, cada um vivia na sua cidade, secretamente; só algumas famílias judias sabiam quem eles eram e onde viviam. Depois recomeçou:

— "1º de Setembro de 1939. Invasão da Polónia. Exército de von Rundsteadt, a sul — e a norte o Exército de von Bock. Os dois avançam rapidamente. Eixo Wielun-Varsóvia, a sul. A Directiva nazi nº 1. 'O dia de ataque à Polónia fixado: 1º de Setembro de 1939. Hora: 4h45m.' Força aérea polaca destruída em 48 horas. Polónia: 387000 km$^2$. Derrotada em 10 dias."

O velho fez de novo uma pausa e disse-me que o que estava a recitar era uma parte, muito pequena, do *novo texto sagrado*, foram estas as palavras que ele usou. Os sete Séculos xx — disse Terezin — eram os novos guardiães de um novo texto sagrado.

— Continuo? — perguntou, de repente. Não sabia o que responder. A partir de que mês, de que data? — Eu não disse nada. Foi ele que disse: 18 de Julho. E prosseguiu, então: — "Em 1939 viviam 60000 judeus em Cracóvia. 18 de Julho. O presidente dos Estados Unidos, Roosevelt, propõe ao Congresso uma alteração das leis que definiam as condições de participação do país numa guerra. 3 de Setembro de 1939. Inglaterra e França declaram guerra à Alemanha. 18 de Setembro. Tropas russas e alemãs juntam-se em Brest-Litovsk. 22 de Setembro. Desfile militar dos dois exércitos em Brest-Litovsk."

Parou.

— Tem aqui uma parte muito fragmentada do ano de 1939. Imagine o que é memorizar um século inteiro — não é apenas cem vezes isto. Há meses, e mesmo dias, dos quais era necessário guardar informação que é, no total, talvez, quinze mil vezes isto que eu acabei de lhe recitar. Cada um dos "Séculos xx" foi escolhido precisamente por ser dotado de uma memória muito acima da média. E, a partir de certa altura, canalizaram todo o seu esforço nesse sentido. Repetem-no, por ordem, todos os dias; uns dias repetem certos anos, outros dias, outros. Repetem-no, então, como se repete o texto sagrado; estes sete homens estão obviamente dispensados de qualquer ritual religioso — o que estão a fazer já é muito, é só isso que nós queremos que eles façam. Se acontecer algo a um deles, uma qualquer fatalidade, sobram seis — estão afastados, cada um no seu ponto do mundo, cada um com a sua vida exterior, aparentemente normal.

Cada um dos sete "Séculos xx" tem ainda a responsabilidade de durante a sua vida escolher sete homens a quem passará oralmente toda a informação. Cada um desses novos sete Séculos xx passará a outros sete. E será assim, sempre, até ao fim. De quê, não sei. Existirão falhas de transmissão, mortes prematuras que impedirão este multiplicar por sete em cada geração, mas com todos os imprevistos e todas as falhas teremos a certeza de que, se todas as fotografias e imagens desaparecerem, se todos os documentos forem destruídos por uma calamidade qualquer ou por vontade de alguém, teremos a certeza, dizia-lhe, que, de vários pontos do mundo, nas praças, nas rádios, nos sítios de maior visibilidade, aparecerão judeus a contar a mesma história, a relembrar os factos, os dados — e sem falhas, todos com o mesmo discurso, exactamente com as mesmas palavras, quer estejam a falar na Ásia ou na Europa.

Não se trata de não acreditar nas novas formas de arquivo; estamos atentos a tudo o que está acontecer, não queremos voltar atrás, ao tempo em que não havia escrita e os negócios tinham testemunhas que testemunhavam apenas pela memória; não é a esses tempos que queremos regressar — trata-se, simplesmente, de acreditar mais na nossa memória do que nos diferentes materiais que inventámos para a conservar fora do corpo; trata-se de confiar mais no cérebro, apenas; qualquer pessoa lúcida já percebeu que, apesar de tudo, é mais fácil eliminar os arquivos materiais de um determinado grupo humano do que a totalidade dos seus elementos.

— Nada tem a ver com o assunto — disse-me, de repente, interrompendo-se, num tom de voz baixíssimo — mas aquele fotógrafo que aí veio... não o conheço, mas afaste-se dele e afaste dele a menina. Aquele homem não traz nada de bom.

E depois, de súbito, noutro salto, fez-me, fez-nos — a

mim e a Hanna, embora Hanna não tivesse sequer prestado atenção a um décimo do discurso de Terezin — aquela pergunta: Querem conhecer um Século xx? Eu não sabia o que responder.

Quando regressarem de novo aqui — disse ele — passem pelo hotel. Eu levo-vos a um. Para o ouvirem.

# 2

# O Século xx em Moscovo

O velho Terezin naquele dia contou-me que um Século xx que perdera o juízo andava por Moscovo a repetir, como se fosse uma récita, os factos do século. A repeti-los constantemente em voz alta, entrando em bares, em cabeleireiros, em mercados, e não parando de repetir a lengalenga das datas, dos acontecimentos, das medidas, dos números. É, de certa maneira — disse o velho Terezin —, um constrangimento para nós todos, um constrangimento cada vez maior.

Em Moscovo, este Século xx é já alvo da troça dos miúdos; atam uma corda às suas calças com uma lata na extremidade e ele lá vai avançando com a lata a bater no chão. Outras pessoas alimentam aquele seu desejo de ser ouvido e passam-lhe para a mão um altifalante e pedem-lhe para ele recitar o ano de 1931, por exemplo. E ele lá vai, esse Século xx que perdeu o juízo, pelo passeio, com um altifalante a dizer datas, acontecimentos, factos, sem qualquer comentário, sem qualquer observação, nada, como se fosse uma gravação, foi assim que ele treinou e foi ensinado: é absolutamente proibido qualquer comentário pessoal no meio daquele discurso ininterrupto. Há já um outro Século xx, próximo de Moscovo, que permanece, calado como convém, e sereno, a cumprir a sua missão de reserva, de guarda de um texto, mas este — o que perdeu o juízo e é motivo de troça de todos — em breve, infelizmente, é contra tudo o que planeámos, mas teremos de o fazer desaparecer. É quase absurdo, mas temos de o calar.

# XIII

## PEQUENAS PALAVRAS

# 1

## Olho vermelho — e o cartão

Na vez em que eu estivera com Agam, ele havia reparado no cartão que eu trazia na carteira.

— Trabalhei para esse homem — disse Agam.

Não o notara, mas tinha na mão o cartão de Josef Berman — fotógrafo de animais.

— É um tipo repelente — disse eu.

Agam concordou.

# 2

## O olho vermelho, o sino

Nesse dia, enquanto Hanna se afastara e estava distraída com algo, Agam contou-me.

Fotografar era só uma parte do ofício desse homem. Josef Berman, esse, que se apresentava como fotógrafo de animais, era mais do que isso, era um maníaco.

Disse a Agam que o tinha percebido, era fácil percebê-lo.

Agam continuou, contou-me que Josef Berman tinha dezenas e dezenas de cães. Era uma obsessão, explicou.

Fazia experiências de acasalamento — procurava inventar novas raças com determinadas características. Patas pequenas, rabo grande, dóceis mas com um focinho assustador, não sei exactamente — disse Agam—, não percebo nada de cães, mas sei que ele está a tentar misturar genes, o que muita gente faz, mas ele não o faz como os outros.

Contaram-me, nunca vi, nunca fui lá — esclareceu Agam — mas conheço quem tenha lá ido — contaram-me que esse Josef Berman tem aquilo a que ele mesmo chama de hospício de cães. São cães loucos que perderam a razão, a sua razão, a razão média dos cães, transformaram-se em animais imprevisíveis. Esse Josef Berman é conhecido nos matadouros de animais. Compra cães que são dados para abate, cães perigosos que fizeram algo de terrível ou que simplesmente morderam nos donos. Ou então, há casos, disse Agam, de cães que, por um acidente, atropelados, ou por uma queda, perderam parte, deixe-me dizer assim, da consciência, e os donos, por compaixão, mandaram-nos abater; ou cães muito velhos, moribundos, que estão a sofrer e são entregues pelos donos. Depois, ilegalmente, a troco de dinheiro, esses matadouros — toda a gente sabe quais são — em vez de os matarem entregam-nos a esse Josef Berman.

Agam pediu-me desculpa por estar a contar aquilo. Perguntou-me se eu queria que continuasse, disse que só o contava para eu perceber quem era Josef Berman. Hanna estava afastada, já perdera por completo a concentração — poderíamos falar à vontade. Eu pedi para Agam continuar. Habituara-me já àquele seu olho esquerdo a fixar-se por vezes em mim, meio fechado, deixando a sensação de que a cor vermelha, de que eu via vestígios, havia sido pintada, colocada ali artificialmente. Mas não; aquele sangue ficara por ali, imóvel, como que à espera de algo.

— Os machos e as fêmeas estão separados — Agam continuou —, num lado estão só machos, no outro, só fêmeas. E os dois grupos, então, não se vêem, só se ouvem. Segundo dizem, o som é muitíssimo bem propagado entre um lado e o outro.

Um dos corredores termina numa área mais larga, que é o compartimento onde os cães acasalam — quando Josef Berman escolhe um macho e uma fêmea para isso; mas, por vezes, ele escolhe dois machos — e uma fêmea para assistir à luta. Bem, não interessam pormenores. Estamos a falar de um tipo demente.

É na abóbada central que Josef Berman alimenta os cães. Ele dá-lhes de comer com uma frequência completamente imprevisível — e é o que os torna ainda mais loucos, sem juízo, a esses cães; ele pode passar dias sem lhes dar de comer e depois, num intervalo de uma hora, dar-lhes duas refeições.

Bem, há ainda um sino — e aqui entro eu. Esse louco pôs um sino no meio da abóbada central e, quando vai dar comida aos cães, ele mesmo bate o sino, assinalando que algo vai acontecer.

Há quem conte — disse Agam — que, por vezes, depois de tocar o sino, quando os cães se aproximam na esperança de ver comida, ele utiliza uma vara de metal para os atingir — lançando ainda maior confusão. Dizem que são estas situações que fazem com que os cães percam por completo o juízo — mesmo aqueles que entraram ali com a cabeça sã. Mas talvez parte disto sejam já histórias que as pessoas contam, que inventam. Não sei.

Ele tira milhares de fotografias dos cães nestas situações. Isso é o principal. É isso que ele quer. Tira fotografias inacreditáveis.

Mas fui eu que fiz os desenhos desse sino — disse Agam, subitamente. — Não sabia para o que era, não fazia a mínima ideia. Esse Josef Berman deve ter ouvido falar desta minha habilidade, de conseguir escrever palavras tão minúsculas que ficam imperceptíveis e que, à primeira vista, parecem simples desenhos. Ele veio cá. Esteve aqui em cima... — disse Agam, mas não completou a frase. — Trouxe-me o sino. Não me ocultou nada sobre a origem do sino, mas não disse uma palavra sobre a sua futura utilização. Disse simplesmente que era para a sua casa. Não o conhecia, nunca tinha ouvido falar dele, não tinha razões para duvidar. E o que ele pediu foi para eu exercer o meu ofício. Na altura, foi o que fiz. Recebi o dinheiro por este trabalho — e a coisa para mim estava encerrada. Só mais tarde é que soube disto tudo. O nome de JOSEF BERMAN começou a aparecer, nas histórias que amigos me contavam; enfim. Parecia que todos haviam antes combinado ocultar-me aquele nome e depois combinado não parar de falar dele. Possivelmente o que sucedeu é que já falavam dele, mas eu não ligava. Mas esse nome — e apontou para o cartão que eu tinha na mão — agora é para mim muito relevante. É um trabalho de que me arrependo, mas não poderia ter feito outra coisa na altura.

O que eu fiz não tem nada de mais, explicou Agam. O sino vinha de uma igreja que fora destruída nos bombardeamentos da Segunda Guerra. Josef Berman comprara-o — segundo parece tem imenso dinheiro. O sino fora uma das poucas coisas que haviam ficado intactas na igreja. Josef Berman disse-me na altura, não sei se é verdade, que alguém, mesmo depois da igreja destruída, mantivera o hábito de fazer tocar o sino à hora habitual. E que algumas missas ainda foram rezadas naquele espaço meio destruído.

O sino tinha uma única inscrição: QUANDO JESUS TE CHAMAR, OUVE-O. Pensar agora nesta inscrição põe-me doido. O que ele me pediu foi para apagar esta inscrição, o que eu fiz; nada fácil raspar uma inscrição daquelas, mas não ficou mal. Depois pediu-me para escrever na minha letra de milímetros, na minha letra ilegível a olho desarmado, duas frases, apenas duas, formando elas, a olho nu, a forma que eu quisesse. Não lhe vou dizer quais são as frases que eu escrevi no sino a pedido dele. Achei-as estranhas, mas não importa. Era um trabalho. Já fiz isso várias vezes: tenho dezenas e dezenas de trabalhos espalhados por aí, muitos em espaços públicos. Inscrições em muros ou em determinadas peças, que parecem desenhos, que a todos sempre pareceram desenhos, mas que só eu e quem me encomendou o trabalho sabe que esses desenhos afinal escondem frases, e estas eram o principal objectivo; frases, por vezes terríveis — já estou habituado; se quisessem uma inscrição normal, à vista de todos, não me escolheriam a mim, quase sempre querem tornar visível e ao mesmo tempo esconder uma palavra ou uma frase e por isso é que me procuram — sou o único que consegue fazer isso.

Outras vezes — e Agam sorriu — as frases manifestam coisas particulares, vinganças mesquinhas, ridículas: há um homem que tem na sala da casa que partilha com a mulher uma travessa metálica com um desenho em que está escrito, num tamanho ilegível, uma declaração de amor à amante; por vezes são questões dramáticas — um pai que quer que a mulher esqueça a morte do filho... Para uma casa fiz, por encomenda, um desenho ao longo de toda uma parede, o desenho encomendado por uma mulher, sem o marido saber, que escondia a repetição, centenas de vezes, do nome do filho que havia morrido — e lá deve estar, ainda, na parede, sem o pai saber, centenas de vezes o nome do filho; um padre, desculpe-me dizer isto — disse Agam e riu-se — pediu-me para escrever uma declaração de amor a um rapaz, na cruz que ainda hoje dá a beijar aos fiéis. Se fosse lá — não lhe digo qual a igreja, claro — veria apenas um pequeno traço nessa cruz que o padre dá a beijar; enfim, metade do mundo está louca, nunca tive qualquer ilusão a esse respeito — e muito do meu ofício vive dessa obsessão por guardar e revelar, ao mesmo tempo, um segredo. Bem — disse Agam — mas não lhe vou dizer o que escrevi nesse sino. Vejo nisto, mesmo em relação a um demente como esse Josef Berman, a cumplicidade e o sigilo que um médico deve guardar sobre a saúde do seu doente. Se eu revelasse o que me mandam escrever perderia todos os clientes. Eles dizem-me o que querem, pagam, e eu escrevo. Fica entre nós. Neste caso, do sino, não faria o trabalho se soubesse os pormenores, claro. Mas soube da história deste Josef Berman depois, e agora não há nada a fazer.

Mas isto para lhe dizer — murmurou Agam, virando-se com seriedade para mim — que o homem — e fez um sinal como que a referir-se ao nome que estava no cartão — não é um assassino, não matará ninguém, estou certo, mas é um tipo completamente doente. Se teve o azar de se cruzar com ele, agora afaste-se. E, principalmente, não deixe que ele se cruze com a menina, não lhe fará bem. Por mim — disse Agam —, não me quero cruzar uma segunda vez com ele.

# XIV

## HANSEL E GRETEL

# 1

## Deixar pistas

Lado a lado, os dois sentados na carruagem — Marius e Hanna. No comboio, olhares por vezes como que a tentar decifrar o rosto de Hanna — o que tem ela? A ignorância de uns permite que pensem apenas em algo momentâneo — uma insuficiência intelectual que passará; uma expressão de quem não entende, expressão que em breve será eliminada; todos temos momentos em que olhamos para o lado errado e em que aquilo que é significativo acontece precisamente nas nossas costas. Marius controla a sua irritação. Tenta contar uma fábula a si próprio, para se entreter, para não se deixar absorver por aquela enorme distância que os olhares dos outros estabelecem. Como um enigma, Hanna está afastada dos homens e das mulheres normais; há uma criança que já passou de um lado para o outro três vezes, está a olhar para Hanna; a cada vez que passa a criança observa-a atentamente; um enigma, pensará: aquilo, aquele rosto. Não há qualquer movimento de troça, mas olham para ela como se

*207*

não encontrassem a solução de algo; e por isso sentem necessidade de olhar de novo, e de novo, mesmo que de forma disfarçada.

Marius poderia insultá-los um a um, mas não o faz. Controla-se. Olha pela janela.

Conta a Hanna a história de Hansel e Gretel, os dois meninos que, para não se perderem, deixam atrás de si migalhas.

Hanna gosta da história e Marius, agora calado, volta a folhear os pequenos cartões das etapas da aprendizagem das crianças com deficiência mental. Quem terá deixado aquilo nas mãos de Hanna? Hanna procura o pai; provavelmente alguém a procurará.

Marius retoma uma das fichas. Os progressos físicos e mentais são pontuados. É um curso como qualquer outro, como um curso onde se aprende uma língua que não se domina. Marius lê os passos de um objectivo a atingir: "Despir a camisola".

1º passo: "tirar a camisola pela cabeça"; 2º passo: "tirar o braço de uma manga" — passos a que está associada a pontuação +2.

3º passo: "tirar o braço da outra manga" (pontuação +1, somada ao +2 anterior). 4º passo — "levantar a camisola até ao peito" (pontuação +2). Se o deficiente mental fizer estes quatro passos o professor, o educador, assinalará numa ficha a classificação 5 (+2+1+2). Depois, o facto de ter ou não ajuda concreta ou somente exemplificação gestual leva a que os progressos sejam mais ou menos valorizados. Procura-se, como é evidente, a autonomia.

Marius levanta-se do seu lugar. O ruído do avanço do comboio tornou-se desde há muito uma linguagem paralela, uma espécie de oração mecânica que não cessa, um murmurar, uma ladainha que noutro contexto poderia parecer um qualquer pedido religioso e colectivo. A janela próxima dos seus bancos está ligeiramente aberta, mas Marius, com um movimento, abre-a ainda mais. Pensa na história que acabou de contar a Hanna, a dos meninos Hansel e Gretel. Nele, a princípio, não estava evidente a necessidade de deixar vestígios do caminho de Hanna. E, quando debruçado sobre a janela do comboio, atirou para fora a primeira ficha, não o fez devido a qualquer decisão, mas por força de um gesto que tem de ser feito e que não precisa de um grande significado. Pareceu-lhe, porém, logo de imediato, que, se ele fosse largando as fichas do curso de aprendizagem de Hanna ao longo da linha de caminho-de-ferro, isso ajudaria no caso de alguém estar a tentar encontrá-la. Mas Marius sentia, ao mesmo tempo, que há muito que ninguém a queria encontrar; que ela fora deliberadamente abandonada; que era só ela que procurava, que ninguém a procurava a ela. Pareceu-lhe, assim, que aquele gesto — o de largar, a um ritmo mais ou menos constante, uma ficha do arquivo de Hanna — era algo que dizia respeito unicamente a eles os dois — Marius e Hanna; não era uma mensagem para ninguém, tratava-se simplesmente de marcar o caminho, de deixar, como os meninos Hansel e Gretel, vestígios atrás de si, não para que os outros os encontrem mas para que eles próprios consigam sair dali e voltar para trás. Havia em Marius uma sensação evidente de estar perdido, e aquela viagem intensificava essa sensação. Os olhares que rodeavam Hanna eram olhares exclusivamente para ela. Ele, que estava a centímetros de Hanna, escapava a esses olhares ao mesmo tempo de compaixão e incompreensão. Ele, Marius, estava simplesmente ao lado — não era atingido; ele não era um enigma para os outros. Estava absolutamente sem saber o que fazer — ele agora, também, perdido, tal como Hanna. Havia naquele banco do comboio, então, uma menina com trissomia 21, perdida, que dizia procurar o pai e, ao lado dela, pensava Marius, estava um homem adulto, normal, mas também perdido. E mais ainda do que Hanna, porque Hanna aparentemente procurava algo, alguém, enquanto ele não. Não tinha qualquer objectivo seu, individual. Ele simplesmente acompanhava-a. Não procurava ninguém, acompanhava, quase instintivamente, quem procurava. Chegara até ali sem qualquer reflexão, como quase sempre chegava aos sítios. Tratava-se de avançar, de não hesitar; pois disso sim, sempre tivera medo: a hesitação aterrorizava-o. O acaso, o que lhe acontecia, definia o seu caminho; como se o exterior mandasse nele, como se o seu destino estivesse não nele, mas em cada pessoa com quem se cruzava. Para onde me levarem, eu vou.

Sentindo ar frio no rosto, Marius, de costas para Hanna que permanecia sentada, de tempos a tempos atirava uma das fichas para fora do comboio. Algures, lá fora — pensou — num caminho paralelo às linhas, está a surgir um novo itinerário que umas fichas a seguir às outras definem. Marius olhou para a ficha que agora tinha na mão: "ADQUIRIR NOÇÕES: TAMANHO, FORMA, COR ETC."; "1 — Emparelhar objectos do mesmo tamanho, 2 — Emparelhar objectos da mesma forma" — pegou nessa ficha e atirou-a lá para fora. Depois outra ficha: "Realizar trabalhos com matérias metálicas, 1 — Apertar e desapertar porcas e parafusos manualmente" — atirou-a também. Depois mais à frente atirou pela janela do comboio a ficha com o título "Ocupar os seus tempos livres de maneira adequada"; depois, mais à frente ainda, "Deslocar-se em espaços conhecidos", mais à frente ainda, a ficha "Realizar trabalhos de carácter doméstico". A caixa com as fichas de aprendizagem ia ficando vazia mas, de qualquer maneira, pensou de novo Marius, absurdamente, se quisermos voltar para trás, pelo mesmo caminho, já temos vestígios suficientes. "Reagir a instruções gestuais e verbais" — outra ficha, e depois as últimas, a que Marius nunca havia dado atenção, fichas de observação, fichas dos professores, que visavam assinalar os progressos dos meninos com deficiência mental. Atirou fora a primeira dessas fichas, passados uns minutos outra, passados uns minutos outra ainda — tentara, desde o início, manter mais ou menos fixo o intervalo entre cada ficha atirada para fora do comboio; e finalmente a caixa estava vazia e uns segundos depois é a própria caixa que Marius atira pela janela, é o ponto final, o fim da linha, o curso acabou, pensa Marius; se um deficiente seguir o itinerário definido pelas fichas, no final terá feito progressos significativos, pensa. E se eu quiser voltar atrás, pensa ainda, só tenho de seguir as fichas, no sentido contrário.

Depois de uns segundos ainda com parte da cabeça de fora, Marius afasta-se, fecha um pouco a janela, e senta-se ao lado de Hanna que viu tudo, nada disse, não percebeu bem para que era aquilo, mas estava ao lado daquele homem, que se chamava Marius, e que ela sabia que era seu amigo e que a estava a ajudar a procurar o pai, e isso bastava-lhe. Ela sabia, tinha a certeza de que aquele homem era seu amigo e nunca — estava Hanna certa —, nunca lhe arrancaria os olhos ou a língua, aquilo que ela tanto receava.

# 2

## Hanna e Marius no comboio

Da janela da carruagem, vimos o fumo preto que saía de uma fábrica. Hanna disse que era bonito. E de um certo ponto de vista era: se olhássemos para a fábrica como simples produtora de fumo. Era provavelmente assim que Hanna a via.
Lembrei-me, então, de uma das antiguidades de Vitrius, o relógio de uma fábrica do início do século XIX, relógio com dois mostradores, relógio duplo, com duas horas; mas estas duas horas diferentes, assinaladas pelo relógio, não se referiam a dois países diferentes. Era um relógio que havia sido utilizado nas fábricas de tecidos em Inglaterra. Neste relógio duplo, um dos relógios era normal — media o tempo tal como fora da fábrica os outros relógios. Era um relógio que não saíra do mundo, se assim se pode dizer. O outro mecanismo do relógio, esse, sim, típico da revolução industrial, avançava de acordo com a velocidade da roda de água, que accionava as diferentes máquinas. Se as máquinas funcionassem mais lentamente,

se os trabalhadores não conseguissem manter um certo ritmo na "roda de água", este segundo relógio atrasava-se — e era este relógio que marcava o tempo de trabalho. A diferença poderia ser de cinco minutos ou de uma hora. Este segundo relógio, em cima do outro, assinalava, como me dissera Vitrius nesse dia, um tempo muscular e do corpo, e não um tempo neutro, da terra.

No fundo, dissera Vitrius nessa altura, era bem mais justo a passagem do tempo depender do nosso esforço, enquanto animais que têm um certo objectivo. No entanto, a questão é que o outro relógio, o que não dependia de qualquer esforço humano, continuava a funcionar.

Lembrei-me de Vitrius, porque nele, tal como em Hanna que se fascinava com o fumo preto que saía da chaminé das fábricas, havia essa possibilidade de encantamento com aquilo que nos causava, por vezes, simplesmente repulsa. E também me lembrei de Vitrius porque ele tinha o objecto de Hanna.

# 3

## Josef Berman aparece

Eu e Hanna estamos no café e entra Josef Berman. Ainda afastado alguns metros da nossa mesa, cumprimenta-nos levantando a mão.

Aproxima-se, tem a máquina fotográfica pendurada ao pescoço. Diz-nos: Bom dia; Hanna responde-lhe de imediato com um bom-dia vigoroso, contente, pois reconheceu-o, lembra-se daquela cara, um amigo, deve pensar ela. Tive um impulso de sacudir Hanna, de a insultar por não perceber nada.

Josef Berman pergunta se pode sentar-se; não respondo e levanto-me. Não percebo porque reage assim, murmura Josef Berman, só queria tirar uma fotografia, é importante para mim, e para ela não tem importância nenhuma — diz. Depois acrescenta, num tom quase agressivo, se não é o pai dela, não percebo essa reacção. Eu ainda não disse uma palavra, só olhei para ele. Agora, sim, falo. Podemos ir para ali, pergunto, e com a cabeça faço um sinal. Nem pensei em Hanna, não lhe disse nada, só me apercebi de uma mancha — ela — permanecer no mesmo sítio, sentada; eu e Josef Berman entrámos na casa de banho do café. Empurro-o para o fundo, depois de novo para a outra porta, um soco, ele reage, dou outro soco, outro, depois outro, a máquina, depois outro soco, e está tudo, é agora, não há mais nada, um soco, máquina na cabeça, e um soco, outro, a garganta, e as pancadas sucessivas, sem parar, como se não existisse um final, e de novo, até ao fim, e depois ainda, e ainda mais.

Respiro, estou de novo de regresso, uma enorme excitação, uma euforia que logo se transformou em susto; Hanna não está na mesa, onde está? Não pergunto, mas avanço e olho, e um empregado diz-me a sorrir: a menina está à entrada do café; estamos a olhar por ela, murmura o empregado, não se preocupe. Saí, a minha mão tremia. Não deves sair do sítio, assustaste-me, disse-lhe. Comecei a avançar rápido, ela também; Hanna talvez quisesse perguntar algo, não percebia onde se pusera aquele outro homem, aquele amigo, porque é que ele não falara mais com ela? Avançamos, digo para mim próprio; avançamos, digo de novo, agora para ela; avançamos, avançamos, avançamos.

# XV

## A Fuga

# 1

## Esconderijo

Entraram na casa de Grube, um amigo de Marius.
— Podemos ficar aqui? — perguntou Marius, poucos minutos depois de terem chegado.
Grube era um velho historiador.
— Quem é a menina? — perguntou Grube.
— Perdeu-se do pai. Tento ajudá-la.
Marius parecia tranquilo e Grube estava contente por o ver.
— Ela percebe as coisas? — perguntou discretamente Grube.
Marius respondeu que ela percebia algumas coisas, mas não todas.
— Que seja bem-vinda aos vivos — gracejou Grube —, também não percebo todas as coisas. — Marius sorriu.
Livros espalhados por toda a casa. Um velho historiador solitário: — Quem aqui vem não arruma isto — disse o velho. Marius olhou para ele, tinham algo em comum.
Hanna percebeu que os dois homens se conheciam muito

bem. Quase que pediu para eles lhe contarem o segredo também a ela.

Livros de História, imensas fotografias espalhadas por toda a casa.

Grube defendera numa conferência que a História era como um elemento vivo, que mudava de posição, acelerava, diminuía de ritmo, um elemento com peso constante — uma massa que de um ponto para outro se arrasta ou acelera — mas com um centro de gravidade variável. Numa das paredes da casa, como se fossem estações de comboio, assinaladas com pontos a marcador preto, estavam os nomes de várias cidades, e debaixo desses nomes uma data: Moscovo (1917), Jerusalém (1948), Berlim (1961).

Para Grube esses pontos identificavam os sucessivos centros de gravidade da História. Nessas datas e naquelas cidades estava o ponto que concentrava todo o peso do mundo. Se alguém quisesse derrubar, pôr a História de cabeça para baixo, era ali que teria de aplicar o golpe, naquele ponto preciso, no centro de gravidade. Exactamente como num combate de judo — só se derrubava o adversário se o golpe fosse aplicado no ponto exacto, nem um pouco atrás, nem um pouco à frente. Assim, só quando todo o peso do adversário (ou da História) estivesse sobre o pé direito é que fazia sentido atacar esse pé, pois esse golpe, nesse momento, e só nesse momento (nessa data, diria Grube), teria efeito em todo o corpo do opositor, derrubando-o. Se o peso do corpo não estivesse sobre esse pé, golpear o pé seria sempre, e apenas, golpear um pé, uma parte — ataque menor, sem consequências. Os acontecimentos tinham, pois, um peso, e determinados acontecimentos concentrados numa certa cidade, num país, num espaço, faziam desse espaço o ponto central do mundo numa determinada data. Claro que só depois desse momento crucial de concentração de peso num ponto é que muitos percebiam que ali, naquela altura, havia estado o centro de gravidade da História. Os poucos que se apercebiam disso no próprio momento eram os que conseguiam, por isso mesmo, manipular a História — manipulá-la mesmo: empurrá-la para a direita, para a esquerda ou para trás; puxá-la para si ou derrubá-la contra o chão, se necessário.

— Gosta do desenho? — perguntou Grube a Hanna, explicando-lhe depois que aquelas palavras eram cidades. Parece o trajecto de uma linha de comboios... — disse Grube — não é?

Hanna acenou com a cabeça: estava fascinada, não com o desenho propriamente dito — aquela sucessão de linhas e pontos que assinalavam as cidades — mas com a sua execução: o facto de alguém riscar as paredes da própria casa parecia-lhe extraordinário — gostava daquilo!

Não saíram durante dias da casa de Grube, e Marius estava sempre a pensar quando é que alguém bateria à porta. Mas ninguém bateu.

Ao fim do segundo dia, Grube mostrou a Hanna o seu passatempo. Tinha horas e horas de gravações de corridas de 100 metros. Milhares de corridas de 100 metros — de provas importantes a eliminatórias secundárias. Quando se saturava do estudo, Grube via as imagens daquelas corridas resolvidas em dez segundos, onde cada milésimo de segundo era de tal forma decisivo que uma pequena diferença separava uma grande vitória de um evidente falhanço. Entre esses dois estados da matéria tão opostos, como a eles se referia Grube — a frustração e a euforia —, a diferença concreta eram os tais milésimos de segundo. — Belo, não? — perguntava Grube.

\* \* \*

Hanna estava a gostar muito de ver as corridas de 100 metros e, ao fim de meia hora, ainda não desligara a sua atenção. As corridas sucediam-se, e Marius e Grube estavam sentados lado a lado a vê-las. Marius via aquilo com distância, sem um vigésimo do entusiasmo de Grube, a quem os olhos brilhavam, e que se debruçava mais para a frente, a cada repetição da chegada, repetição onde se via, em câmara lenta, os corpos alcançarem a meta, um a um, com diferenças mínimas: a cabeça de um, o primeiro, logo a seguir o outro, que quase parecia cair, lançando a cabeça para a frente, depois o terceiro, e por vezes a sensação de um desespero, de uma angústia, nesse projectar da cabeça para a frente, como se naquele momento aqueles homens aceitassem, no limite, que a cabeça fosse sozinha, se desprendesse do corpo se necessário. E depois, no ecrã, aparece o quarto classificado, o quinto, e já nessa altura surge a sensação de que há quem desista mesmo em algo que dura apenas dez segundos — há quem abrande, há quem pareça quase parar; há quem, ao fim de seis segundos, exiba já uma qualquer decadência; como se no ecrã se exibisse o fracasso de um moribundo e não alguém que apenas demorou mais tempo que outros a correr cem metros.

O velho Grube tem a mão encostada à mão de Marius e os dois ali estão, a assistir às corridas; Hanna olha para aquelas mãos, de dois homens, quase pousadas uma sobre a outra, e vê nelas algo que a tranquiliza.

Todos falam. Hanna também participa um pouco na conversa. Nos últimos minutos as corridas transformaram-se no cenário, na paisagem de fundo, paisagem percebida apenas pelo canto do olho e que transmite a sensação de que algo ali, algures, lá atrás, não está parado — mas não mais do que isso.

É o momento de irem dormir. Marius diz a Grube que Hanna está habituada a dormir no mesmo quarto que ele. Os dois homens despedem-se, dizem Boa noite. O velho Grube faz uma pequena carícia simpática no rosto de Hanna, despede-se dela; Marius e Hanna vão para o quarto; em poucos minutos Hanna adormece, mas Marius não.

# 2

## Regressar a Berlim

No dia seguinte, Grube saiu de manhã, enquanto Hanna e Marius ficaram todo o dia em casa. Hanna insistiu que queria sair, mas Marius convenceu-a a ficar.

No regresso, Grube disse a Marius que não tinha ouvido nada, nenhuma notícia.

Alguns dias depois, Grube voltou logo após ter saído. Trazia um jornal.

Veio a notícia, disse a Marius.

Depois, discretamente, afastado de Hanna, mostrou-lhe.

Decidiram que o melhor, para Grube, era Marius e Hanna não ficarem ali mais tempo — foi Marius quem propôs a saída.


Com Grube, Marius analisou o horário dos comboios. Marius e Hanna sairiam nessa noite e dormiriam no comboio. Chegariam ainda de noite.

Tratava-se de fugir, mas Marius não pensava ainda muito nisso.

De imediato, havia ainda algo a fazer.

De novo na estação, Marius puxou Hanna para dentro da carruagem. Olhou para um lado, depois para o outro, entraram. Iam sair dali. Fugir, pensou Marius, mas era um pouco absurda a direção deste movimento. Hanna estava animada, sorria; mas logo depois protestou por estarem de novo a andar, estava farta de comboios. Perguntou pelo pai, Marius respondeu que estavam quase a encontrá-lo. E sem Marius perguntar nada, Hanna exclamou:

— Arrancam-me os olhos. — Depois aproximou-se, contente, do ouvido de Marius, disse qualquer coisa mas Marius não percebeu. Pediu para ela repetir. Ela aproximou-se de novo do ouvido de Marius e disse mais umas palavras, num tom de segredo. Marius não percebeu nada, insistiu; ela estava cansada. Marius tentou convencê-la, outra vez. Hanna abanou a cabeça como costumava fazer, disse que não, que agora precisava de descansar; depois encostou-se ao ombro dele e em poucos minutos, ajudada pelo balanço do comboio, estava a dormir, já com a cabeça no colo de Marius.

Horas mais tarde desceram na estação bem familiar. Chegaram à casa de Agam.

Marius tocou. Agam abriu. Hanna estava de tal forma espantada e sem reacção que pareceu não reconhecer Agam.

Num gesto que Marius não estava à espera — naquelas circunstâncias, àquela hora —, Agam mandou-os, com gentileza, entrar. Então, que queriam?, perguntou. Parecia não saber nada sobre o que sucedera, pelo menos não demonstrava o mínimo receio de Marius.

Talvez por ser muito cedo, e Agam tivesse acordado há muito pouco, o seu olho vermelho quase não se via — estava praticamente fechado e só uma pequeníssima abertura permitia perceber que ali atrás estava um olho em actividade.

Marius disse que queria saber onde era a casa de Josef Berman, a casa dos cães de que Agam lhe falara. Preciso de lá ir, disse a Agam. Agam riu-se. Respondeu que não havia casa nenhuma. Que era uma história das dele. Sou um mentiroso inveterado, disse Agam, rindo-se. Não acredite em metade do que eu digo. Só contei essa história para o impressionar.

Marius estava irritado, quase com vontade de lhe bater. Insistiu com Agam para ele lhe explicar onde era essa casa dos cães. — Você contou vários pormenores. Agam riu-se: já lhe disse, é uma invenção; você não me conhece — continuou — gosto destas histórias, invento-as; é uma diversão, como qualquer outra, disse.

Estava manifestamente divertido com tudo aquilo. Depois, de súbito, apontou para um canto da sala. — Vê ali? (Apontava para a pequena arca frigorífica com que Marius o vira pela primeira vez.)

Ainda está lá o animal. Quer levá-lo? Ainda não consegui que alguém ficasse com ele. É um animal raro, não o posso deitar simplesmente para o lixo. Quer levá-lo? De doze em doze horas é preciso mudar o gelo, não tenho ninguém que fique com ele.


Menos de meia hora depois estavam já no hotel de Raffaela. Não acreditava que não os deixassem ficar por ali, pelo menos uns dias. Como sempre, Raffaela estava na portaria do hotel. Cumprimentou-os quando chegaram, mas secamente. Era fácil de ver que ela já sabia o que acontecera. Marius não falou sobre o assunto, pediu para ficar num dos quartos só por uns dias. Raffaela fez o que pareceu a Marius um longo silêncio. Depois disse que eles podiam ficar só naquela noite. Que depois tinha hóspedes e o quarto estaria ocupado. Marius não quis insistir. Deu logo a Raffaela o dinheiro daquela noite. Amanhã, logo de manhã saímos, disse Marius, tentando tranquilizá-la. Perguntou por Terezin.

— Morreu — respondeu Raffaela. — Estava velho — acrescentou. — Quer ficar no quarto dele? — perguntou Raffaela, de forma seca.

Marius não fez perguntas. Disse que não, não queria ficar no Terezin. Preferia outro.

— Os hóspedes começam a aparecer às oito. Amanhã, às sete saem.

Marius concordou.

Raffaela sorriu para Hanna e, de forma delicada, passou-lhe a mão pela cabeça. Hanna sorriu.

# 3

# Nada

Antes das sete da manhã já tinham saído. Ainda estava escuro. À saída Raffaela desejou boa sorte a Marius; disse, a sorrir, para ele tratar bem da menina; e disse ainda que havia bastante agitação nas ruas, com várias manifestações, algumas violentas. Isto está complicado, disse Raffaela. Há qualquer coisa a acontecer por aí.

Marius em nenhum momento viu Moebius, o marido de Raffaela, que provavelmente não quisera cruzar-se com ele.

Ainda antes das oito e meia da manhã estavam a subir os quatro andares até às Antiguidades Vitrius. O objecto de Hanna — Marius precisava de notícias, de algo concreto.

Lá chegados, ele abriu-lhes a porta. Entraram, e Marius só aí se lembrou de que não sentira vertigens. Talvez estivesse assustado demais.

Vitrius estava muito contente por os ver. Não sabia de

nada, claramente; aquele Dom Quixote não tinha o mínimo acesso à informação. Era perfeitamente lúcido, mas estava noutro mundo. Aquele era o tipo de notícias por que não tinha qualquer curiosidade.

Marius tentou falar sobre os assuntos de que Vitrius gostava, falou muito; dessa vez foi ele, Vitrius quase só escutou. Falou do seu amigo historiador e da mania que este tinha de ver centenas e centenas de corridas de 100 metros na televisão. Falou muito, então, de Grube. Disse que provavelmente eles os dois — Vitrius e Grube — se entenderiam bem. Vitrius riu-se e disse a Marius que ele podia dar ao amigo a sua morada. Tenho aqui muitos objectos para vender a historiadores, gracejou — esse encontro pode ser um bom negócio para mim. Marius disse que sim, que faria isso; que quando estivesse de novo com Grube lhe daria a morada. De qualquer maneira, disse Marius, vou também escrever-lhe aqui a morada do meu amigo. Tenho a certeza de que vocês se vão entender. Vitrius disse que sim, que podia escrever a morada do amigo, mas que ele não saía da cidade. Só descer até lá abaixo me faz impressão, disse Vitrius.

Marius perguntou depois se poderiam ficar ali durante aquele dia, algumas horas. Era um pedido absurdo, mas Vitrius não fez perguntas — percebeu uma qualquer gravidade do momento e preparou em alguns minutos o atelier, como se os fosse deixar ficar por ali durante uns tempos. Chamou logo, no entanto, a atenção de Marius para alguns objectos e para que ele tivesse cuidado com os movimentos de Hanna. Hanna estava consciente de que não podia mexer, de que eram objectos importantes. Vitrius sorriu para Hanna; e perguntou-lhe simpaticamente se ela tinha sede, se queria beber água.

# 4

# A multidão, finalmente

Mas estava claro que não poderiam ficar ali. Pouco tempo depois, Vitrius começou a manifestar sinais de que a presença deles começava a incomodá-lo. Estava habituado ao isolamento; um dia com companhia, sem interrupções, bastava para o tornar irritável. Hanna era também incapaz de continuar ali, com aquela falta de espaço. Começaria a partir coisas.

Marius começou, então, a preparar-se para se despedir. Vitrius acrescentou, apenas por delicadeza, que eles podiam ficar ali mais um pouco, que sentia o ar exterior pesado e confuso, disse. E que, por ele, ia para o seu canto, continuar os seus números. Avancei bastante, exclamou, referindo-se à série de números. Depois, num movimento rápido, pôs o pequeno objecto de Hanna no bolso do casaco de Marius.

— Nada — disse Vitrius. — Nenhuma ligação.

Despediram-se. Marius desceu do lado de fora das escadas, agora sentindo mais o corpo, tremendo a cada passo, maldisposto, a transpirar, com as vertigens — mas chegaram lá abaixo. Marius pediu a Hanna uns segundos, precisava de recuperar. Hanna sentou-se no degrau da porta de um prédio à espera de Marius que, em pouco tempo, recuperou — e de novo então se puseram a caminho. Mas agora Marius não fazia ideia para onde poderia ir; pela primeira vez, não sabia o que fazer e só sabia que tinha de continuar a andar, sem parar, tentando não olhar para os lados, não parecer que estava a fugir, por vezes forçando Hanna a andar mais rápido, mas acima da rapidez estava a necessidade de não parar e de decidir, em cada cruzamento, sem hesitação. Mesmo que sem qualquer percepção do sítio onde estava, era preciso não hesitar um segundo — não parecer perdido, e avançar.

E andaram tanto que ficaram mesmo sem saber onde estavam. Marius olhava em volta e não reconhecia minimamente as ruas, os prédios, e mesmo o rosto das pessoas, por um evidente contágio não racional, lhe pareciam estranhos, como que não pertencendo àquela cidade. Marius gracejou consigo próprio — estava absolutamente perdido, não fazia a mínima ideia em que ponto da cidade estava, se na parte Norte, Sul, Este... nada. Apenas um cartaz numa parede lhe chamou a atenção, Bela família Stamm, bela família Stamm!, pensou; mas o importante é que estava perdido e naqueles instantes lembrou-se dos impressionantes microscópios de Agam e de como este lhe mostrara, na primeira visita que lhe fizera, o mapa da cidade, daquela cidade, desenhada numa área não maior do que um milímetro quadrado, e de como ele se sentira primeiro perdido, e depois com uma força enorme, quando percebera — dentro de um compartimento minúsculo, olhando por um microscópio potentíssimo e tendo um plano geral de toda a cidade — onde estava a casa de Agam e, depois, quando, a partir daí, olhando sempre pelo microscópio, foi seguindo, com um olho, as indicações de Agam: agora vire à esquerda, avance um pouco, está a ver um cruzamento, sim? Avance ainda e só no outro cruzamento... está a ver? E sim, Marius respondia que sim, sem levantar o olho da lente, e o olho lá avançava pelo mapa da cidade; e um único olho conseguia ver, num único momento, toda a cidade; e como agora, de facto perdido no espaço, se lembrava desse instante, como essa visão de cima lhe seria útil agora, naquele momento em que está completamente perdido, a entrar já numa rua de tal forma velha que os edifícios, claramente abandonados, estavam à beira de ruir; os avisos repetiam-se, uns na rua, ao nível da cabeça, outros nos próprios prédios, nos andares superiores, CUIDADO! PERIGO DE QUEDA, e Marius sentiu uma enorme ameaça que vinha dali, daqueles edifícios que as pessoas haviam abandonado; dali, sabia ele, nunca o esquecera, dali vinha o perigo e o mal, dali vinha aquilo que o poderia atingir e, por isso, sentindo-o, Marius, instintivamente, apertou com mais força a mão de Hanna e nem sabe se o disse, se apenas pensou: — Temos de sair daqui rapidamente. Mas o certo é que os dois aceleraram, Hanna puxada por Marius, queixando-se da sua rispidez; mas rapidamente então saíram daquela rua e, depois de um cruzamento, viraram à esquerda e, para alívio de Marius, de repente, estavam, sem saber como, numa bem conhecida rua de peões, uma das mais largas da cidade. Mas a sensação de alívio foi logo abafada por uma outra sensação: a de que alguém estava a falar muito lá ao fundo, nas suas costas. Marius virou discretamente a cabeça para trás e não queria acreditar no que via. Ao fundo da rua, centenas de pessoas, milhares de pessoas avançavam aos gritos, dizendo palavras de ordem, partindo vidros, gritando slogans, e avançando, a um ritmo certo, sem correrem, mas sem qualquer paragem, avançando precisamente na direcção de Marius e Hanna.

Marius olhou em volta e aterrado percebeu que a larguíssima rua à sua frente estava vazia, não se via ninguém, as lojas estavam fechadas, algumas com trancas fortes à vista, e ninguém — não estava ninguém. Marius olhou de novo para trás para aquela terrível massa de pessoas que avançava na sua direcção. Nos metros seguintes não havia qualquer cruzamento e voltar para trás era algo que lhe parecia, naquele momento, perfeitamente despropositado — seria um movimento ostensivo, uma mudança brusca do sentido da marcha; sentiu que essa opção seria perigosa, mas nem teve tempo para pensar sobre a decisão certa porque a massa enorme já estava mesmo ali, e a um ritmo bem mais rápido passavam já por eles — foi assim que Marius sentiu — primeiro uma ou outra pessoa, os que iam à frente — e que Marius percebeu claramente que se desviavam deles, que não se interessavam: Hanna e Marius não eram importantes. E, naqueles primeiros instantes, Marius sentiu alívio, como se antes tivesse pensado que aquela massa de gente pudesse estar, especificamente, atrás dele — mas mais uma vez não houve tempo para pensar, pois a massa dos manifestantes chegava agora, engolia-os praticamente; os gritos eram ensurdecedores, Marius não percebia nada e apertava com mais força Hanna; juntara-se mais a ela, tentava criar uma defesa mínima contra os embates, involuntários, que começavam a suceder, os encontrões que quase os faziam cair mas que não lhes eram dirigidos, eram apenas consequência da massa cada vez mais compacta de pessoas e da velocidade com que todos avançavam. Sem o mínimo de tempo para pensar, os dois tentaram então acompanhar o ritmo do avanço das pessoas, era o mais seguro, acompanhar, andar ao mesmo ritmo, como se tivessem estado ali, desde o início, no meio daquilo tudo. Alguns mais velhos, poucos; quase todos jovens, rapazes, raparigas. Uns atiravam pedras aos vidros das lojas que apareciam à frente, os mais exaltados davam pontapés nas portas, um, dois, três, e continuavam; outros ficavam mais para trás, lateralmente, não avançando até destruírem por completo uma montra ou a porta de uma loja; lá atrás, Marius conseguira aperceber-se disso pelo canto do olho, havia já coisas incendiadas, e os gritos excitados eram ainda mais assustadores, agora que estavam lá dentro, no meio. Estavam já na parte da rua onde os cruzamentos recomeçavam e cada cruzamento era como que uma outra porta de entrada: grupos juntavam-se lateralmente a esta enorme massa; outros pequenos grupos vinham de ruas mais apertadas e juntavam-se também à massa de pessoas, e as mãos de Marius e Hanna, que tinham estado sempre apertadíssimas — os dois, de maneira diferente, estavam assustados —, as mãos começaram então, lentamente, como que a relaxar, diminuindo a força e a tensão entre elas, como se à medida que avançavam no meio daquela multidão os dois se começassem a sentir integrados nela, perdendo o medo, e a cada passo acertando cada vez mais no tom da marcha, como que a apanhar o ritmo daquela dança violenta, mas apesar de tudo ordenada, que avançava, em conjunto, para um único sítio, com um objectivo claro, sem hesitações. E, durante uns instantes, Marius sentiu-se estranhamente bem, sentiu uma leveza enorme, um apagamento individual que o punha tão eufórico que tinha vontade de gritar de contentamento, e, aos poucos, o seu pensamento foi-se concentrando nas pernas, nos seus passos, no brutal barulho que milhares e milhares de pernas e sapatos faziam, um barulho que lentamente se tornou para ele o mais importante, quase já não ouvia os gritos, não conseguia ouvir porque estavam no meio, agora sentia que estavam exactamente no meio daquela enorme massa, no meio de um barulho tremendo que o fazia sentir como que a desaparecer, como se já não estivesse ali o seu corpo, mas apenas o resto, aquilo que pode olhar de fora para o seu corpo; e as suas pernas e os seus passos eram agora revigorantes, a cada passo a sua força voltava, e quase sentiu pena de não poder agradecer a todas aquelas pessoas, uma a uma, e concentrou-se então nas suas pernas, sentindo a força delas, o modo como conseguiam acompanhar o ritmo da massa de gente que avançava; e, quase sem o sentir, a sua mão começou a distender-se, já quase não sentia a mão da pessoa que ele tinha a percepção de que ainda estava ao seu lado, embora já nem mentalmente a visualizasse; e a mão, sentiu Marius, de repente estava livre, sem agarrar nada, sem ser agarrada por nada; e ali estava ele, sozinho, com as duas mãos livres, com as duas mãos disponíveis, no meio de uma enorme massa de gente que não parava de avançar e que gritava algo, algo que ele não percebia, que palavras eram?, mas que sentia já como suas, sentia como indispensáveis, e sim, era isso que era preciso gritar; e ali, no meio, ele sentiu pela primeira vez que podia fazer o que quisesse com as mãos, levantar uma ou as duas, gritar, fechar o punho com raiva como faziam muitos ao seu lado, podia fazer tudo, a partir dali, mas agora o que era preciso era gritar, e não parar, em situação alguma, não parar.

# Referências e agradecimentos

Referências: "És feliz? — Uma abordagem ao estudo da felicidade de jovens com Trissomia 21". Pedro Morato e Lígia Gonçalves, *Revista de Educação Especial e Reabilitação*; *A educação de pessoas com deficiência mental*, vários autores, Fundação Calouste Gulbenkian.

Agradeço a Pedro Morato, FMH/Reabilitação Psicomotora, a leitura atenta do livro.
Envio um abraço ao grupo Dançando com a Diferença.

1ª EDIÇÃO [2015] 2 reimpressões

ESTA OBRA FOI COMPOSTA PELA SPRESS EM TIMES E IMPRESSA EM OFSETE
PELA GEOGRÁFICA SOBRE PAPEL PÓLEN SOFT DA SUZANO PAPEL E CELULOSE
PARA A EDITORA SCHWARCZ EM SETEMBRO DE 2016

A marca FSC® é a garantia de que a madeira utilizada na fabricação do papel deste livro provém de florestas que foram gerenciadas de maneira ambientalmente correta, socialmente justa e economicamente viável, além de outras fontes de origem controlada.